Bijna iedereen kon omvallen

다람쥐의 위로

톤 텔레헨 소설 | 정유정 옮김 | 김소라 그림

arte

1

"넘어져본 적 있니?" 다람쥐가 갈대밭에 한 발로 서 있는 왜가리에게 물었다.

"아니. 난 넘어지는 게 안 돼." 왜가리가 대답했다.

"그럼 넘어지려고 해본 적은 있니?" 다람쥐가 다시 물었다.

"응 꽤 자주, 그런데 잘 안 되더라." 왜가리도 대답했다.

"내 생각에는 누구든지 넘어질 수 있거든." 다람쥐가 말했다.

"그렇지만 난 아니야." 왜가리가 대꾸했다.

잠깐 침묵이 흘렀다. 그때 다람쥐가 작은 소리로 말했다.

"난 네가 넘어질 수 있다고 확신해."

그러자 왜가리가 큰 백합 잎에 앉아 있는 개구리에게 물었다.

"개구리야, 나도 넘어질 수 있을까?"

"아니. 그렇지만 나는 할 수 있어!" 개구리가 대답했다.

개구리는 몸을 죽 펴서 한 발로 서서 비틀거리다 미끄러지면서 외쳤다.

"아이쿠!" 그러고는 물속에 거꾸로 풍덩 빠졌다. 개구리는 잠시 후 다시 백합 잎으로 올라와서 외쳤다.

"어때, 나 너무 멋지게 넘어지지 않았니?"

"응, 아주 멋졌어. 난 그렇게 못하는데." 왜가리가 대꾸했다.

다람쥐는 그 말을 믿을 수가 없었다.

"네가 디디고 서 있는 그 다리를 한 번 높이 쳐들어보면…… 그러면 그대로 넘어질 거야." 다람쥐가 말했다.

"난 다리를 높이 쳐들 수가 없어."

"왜 못해?"

"다리가 구부러지지 않아. 정말이야." 왜가리는 미간을 찌푸리며 말했다.

"넘어져보고 싶기는 하니?" 다람쥐가 물었다.

"아주 간절히, 아주아주 간절히 원해." 왜가리의 눈에서 눈물이 흘러내렸다.

다람쥐는 개미와 다른 동물들에게 도움을 요청하기로 했다. 개미는 누구나 넘어질 수 있다고 했다.

"향유고래도, 심지어 지렁이도." 개미가 아주 확실히 말했다.

순식간에 강기슭으로 동물들이 모여들었다. 모두 넘어지는 데는 능통했고, 기꺼이 왜가리를 도와주고 싶어 했다.

제일 먼저 코끼리가 방법을 생각해냈다. 코뿔소와 함께 최고 속도로 왜가리에게 달려가 부딪히는 것이었다. 엄청난 충격이었다. 코뿔소와 코끼리는 물속으로 풍덩 빠졌다. 그러고도 갈피를 못 잡고 이리저리 허우적댔다.

그런데 왜가리는 그대로 그곳에 한 다리로 서 있었다. "에구" 하고 외마디 소리를 낼 뿐이었다.

다른 동물들도 왜가리를 넘어지게 해보았다. 간지럼을 태워보기도 하고, 귓가에 대고 갑자기 소리를 질러보기도 하고, 아주 이상한 이야기를 해보기도 하고, 김이 모락모락 나는 엄청난 케이크를 부리 앞에 요리조리 닿을 듯 말 듯 달랑거려보거나, 심지어 발을 엄청 세게 밟아보기도 했다. 그런데도 왜가리는 넘어지지 않았다.

"하는 일마다 모두 안 되는 그런 날들이 있지." 두더지가 왜가리 발 아래 구멍을 파면서 투덜거렸다. "너도 그런 날이 있잖아."

"그렇지. 그런 날이 있지." 개미가 대답했다.

수평선 뒤로 해가 사라지고 동물들도 각자 집으로 돌아갔다.

왜가리는 강가 갈대밭 사이 땅거미가 지는 곳에 혼자 남겨졌다.

난 서 있기만 해, 그냥 계속 서 있기만. 슬픈 생각이 들었다. 그리고 백합 잎에서 쉴 새 없이 뛰어내렸다 올라앉았다 하며, 아무 어려움 없이 미끄러지고 넘어지는 개구리를 향해 이따금씩 부러운 눈빛을 보냈다.

2

어느 날 아침 다람쥐가 개미에게 편지를 썼다.

친애하는 개미에게,

내가 할 말이 좀 있는데, 그냥 글로 하는 게 좋을 것 같아서 이렇게 편지를 써.

그런데 어쩌면 그냥 말로 하는 게 나을 수도 있겠어.

—다람쥐가

바람이 편지를 개미에게 날려 보내주었다. 아름다운 날이었다. 얼마 지나지 않아 개미가 다람쥐네 집으로 왔다.

"안녕, 다람쥐야." 개미가 말했다.

"안녕, 개미야." 다람쥐도 대답하고는 손을 비벼댔다.

잠시 후 둘은 꿀과 설탕에 절인 도토리와 달짝지근한 버드나무를 먹으면서, 개미는 알지만 다람쥐는 아직 모르거나 잊어버린 것들에 대해 이야기를 나누었다.

멀리서 꾀꼬리가 노래를 했다. 열어둔 창문으로 햇빛이 비춰 들어왔다.

마지막으로 개미가 목소리를 가다듬고 물었다.

"그건 그렇고 무슨 말을 하고 싶었던 거니?"

다람쥐는 깊이 생각한 후 마룻바닥과 천장을 바라보며 짙은 한숨을 내쉬었다. 그리고 말했다.

"아무래도 그냥 편지로 하는 게 낫겠어."

"그래, 좋아." 개미가 대답했다.

그날 저녁 다람쥐는 개미에게 새로 편지를 썼다. 결론적으로, 편지로 쓰려고 했던 걸 직접 말로 하는 게 좋겠다고 적었다. 어쨌거나 특별한 내용은 아니었다.

그 편지를 받고서 개미는 그제야 정말 궁금해졌다.

3

딱정벌레가 창가 의자에 앉아 한숨을 내쉬었다. 피곤해서 딱 한 시간만 자고 싶었는데, 하필 그때 누군가 문을 두드렸다.

"누구세요?" 딱정벌레가 물었다.

어떤 목소리가 들려왔다. "저예요, 귀뚜라미." 문이 열렸지만 아무도 보이지 않았다.

"어디 계신가요?" 딱정벌레가 다시 물었다.

"저는 귀뚜라미의 목소리일 뿐이랍니다. 나머지는 곧 올 거예요." 목소리가 대답했다.

딱정벌레는 깊이 한숨을 쉬었다. 그리고 생각했다. 또 일이군.

잠시 후 귀뚜라미의 냄새가 열린 문으로 퍼져 들어왔고, 그러는 사이 바람이 더듬이와 턱과 몸통을 양탄자 위로 날려 보냈다.

그리고 오래 지나지 않아 갑자기 방 안이 소란스러워졌다. 귀뚜라미의 생각들이 하나하나 안으로 날아 들어왔던 것이다.

"나는 완전히 폭발해버렸어요." 목소리가 말했다.

"확실히 그런 것 같군요." 딱정벌레가 대답했다.

"나를 다시 잘 만들어줄 수 있나요?"

"물론이죠." 딱정벌레가 대답했다.

누군가 폭발하면, 나는 늘 잘해내는 것 같아. 딱정벌레는 생각했다.

잠시 후 귀뚜라미는 제 모습을 찾았다. 귀뚜라미는 미간을 찌푸리고, 무릎을 턱 앞으로 당겨보기도 하고 외투를 잠시 펄럭여보기도 했다. 모든 게 가능했다.

귀뚜라미는 딱정벌레에게 감사 인사를 했다. 그러나 우울한 채로 문을 나서야 했다. 왜냐하면 딱정벌레가 깜빡하고 즐거운 생각들을 제자리에 맞춰 넣지 못했기 때문이다.

내가 오늘 잘 써먹을 수 있겠군. 딱정벌레는 생각했다.

귀뚜라미가 눈에서 사라지자 딱정벌레는 식탁에 올라가 즐거운 생각들을 떠올리며 작은 춤을 추었다. 그러고는 한 번도 말해본 적 없는 "야호"를 외쳤다. 누군가 이렇게 외치는 소리는 한 번도 들어본 적 없었다.

그러고는 한 시간 동안 창가에 앉아 잠을 잤다.

4

고슴도치는 공중에 떠 있어보고 싶은 마음이 간절했다. 마치 태양처럼. 하지만 그렇게 높게는 말고. 그 정도까지는 필요 없어. 너도밤나무 꼭대기보다 더 높게 뜰 필요는 없어. 그래도 숲 위로 떠 있고 싶었다. 거기 조용히 떠올라서 아래를 내려다보고 싶었다.

언젠가 개미가 말한 적이 있다. 오래 생각하고 인내심을 가지면 모든 게 가능하다고.

그래서 고슴도치는 한참을 숙고하고 인내심을 끌어모아 계속 기다렸다.

어느 날 고슴도치는 생각하던 것을 이룰 수 있게 되었다.

늦은 여름날이었다. 나뭇잎들이 이미 색을 내기 시작했고 송진의 달콤한 향과 소나무 잎새들이 숲속을 떠다녔다. 말벌이 분주하게 장미 덤불 사이를 날아다니고 두더지가 땅바닥을 두드려댔다. 다람쥐는 개미에게 함께 여행을 떠나든지 집에 있든지 하자고 말하는 중이었다. 그때 문득 다람쥐는 고슴도치가 떠 있는 것을 보았다.

"고슴도치야!" 다람쥐가 놀라서 외쳤다.

"안녕, 다람쥐야." 고슴도치가 대답했다.

"너 거기서 뭐 하니?"

"나 여기 떠 있는 거야."

"떠 있다고? 그건 불가능하잖아?"

"그렇지. 그렇지만 나 지금 떠 있어."

"무슨 실 같은 데 매달려 있는 거니?"

"아니. 그냥 허공이야."

"그럼 눈에 안 보이는 뭔가에 올라앉은 거니?"

"아니. 그냥 떠 있다고." 고슴도치는 잠시 침묵했다가 다시 말했다. "그래도 아주 오랫동안 생각하고 기다렸어."

멀리서 까마귀가 까악까악 울었고 거위가 구름 사이로 높이 날아올랐다. 그것 말고는 숲이 잠잠했다.

"떠 있는 게 편하니?" 다람쥐가 또 물었다.

"글쎄⋯⋯ 편한가⋯⋯ 음⋯⋯" 고슴도치가 잠시 생각한 후 대답했다. "그럴 필요까진 없지. 그건 아직 깊게 생각해보지 않았어."

고슴도치는 비스듬하게 떠올라서 가끔 걱정스럽게 아래를 내려다보았다.

다람쥐는 고슴도치 아래 돌로 가서 비스듬하게 앉았다.

"내가 제일 꿈꾸던 일이야." 고슴도치가 조용히 말했다.

다람쥐는 고개를 끄덕였다.

둘은 그렇게 한참을 말없이 앉아 있었고, 떠 있었다.

오후가 다 지날 무렵이 되어서야 고슴도치는 아래로 떨어졌다. 아주 세게 쿵 하고 땅으로 떨어져서 족히 스무 개쯤은 되는 가시를 부러뜨렸다. 그런데도 아파하지는 않았다.

"정말 멋지게 떠 있었어. 태양처럼. 다람쥐야, 그렇지 않니?"

"응, 그래."

"나 반짝이지 않았니?" 고슴도치가 물었다.

"살짝 그런 것 같기도 하고." 다람쥐가 대답했다.

"멀리서 보면 마치 내 가시들이 빛을 내는 것 같을 거야."

"그러게."

"가까이서 보면 내 가시들이 태양의 빛줄기처럼 보일지도 몰라."

"그럴 수도 있겠네."

"난 태양의 일부분을 가졌어." 고슴도치가 말했다. 그러나 다람쥐에게 하는 말이라기보단 혼잣말에 가까웠다.

다람쥐는 부러진 고슴도치의 가시들을 제대로 세워주었다.

"이젠 어떻게 하면 소리 안 나게 걸을 수 있을지 생각하고 또 생각해봐야겠어. 난 항상 이렇게 바스락거리거든." 고슴도치가 말했다.

고슴도치가 걸어가자 정말 바스락거리는 소리가 났다.

"너도 들리지? 이젠 더 이상 바스락거리기 싫어." 고슴도치가 외쳤다.

다람쥐는 고슴도치에게 인사하고 다른 방향으로 걸어갔다. 그리고 깊이 생각하는 것에 대해 생각하기 시작했다. 왜 나는 오랫동안 생각을 못할까? 누군가에게 나는 어떤 존재일까?

다람쥐는 비틀, 넘어졌다가 목소리를 가다듬은 다음 생각에 잠긴 채 계속 걸었다.

5

낙타의 생일 파티에서 지렁이 옆에 반딧불이 앉았다.

반딧불은 반짝거리며 물었다. "지렁이야, 내가 가끔 두려운 게 뭔지 아니?"

"아니." 지렁이가 대답했다.

"갑자기 내가 더 이상 불을 밝힐 수 없게 되는 거야."

"오, 난 갑자기 내가 불을 밝히게 되는 건 상상조차도 안 되는데."

둘은 놀라며 서로를 바라보았다. 이상한 대화가 아닐 수 없었다. 둘은 한참을 아무 말도 하지 않았다.

반딧불이 마침내 물었다. "너 정말로 빛을 한번 내보고 싶지 않니, 지렁이야? 아주 약한 빛줄기 정도만이라도?"

"싫어. 난 차라리 뭐든지 꺼버릴 수 있는 걸 갖고 싶어. 그렇지만…… 끄는 건 어떻게 하는 거니?" 지렁이가 물었다. 그리고 달을 쳐다보며 체념한 듯 한숨을 내쉬고 다시 말했다. "태양에 대해서는 생각조차 해보지 않았어."

"우린 참 다르구나, 그치?" 반딧불이 말했다.

"그래, 맞아." 지렁이가 대답했다.

그리고 둘은 춤을 추었다.

반딧불은 주위가 어두울 정도로만 약하게 빛을 내고 있었으나, 그럼에도 불구하고 지렁이는 눈이 부셨고, 계속해서 눈을 감고 있었다.

사막 끝, 조용하디조용한 저녁이었다. 낙타는 만족스럽게 선물들을 열어보며 바위 아래 앉아 있었다. 몇몇 동물들은 조용히 케이크를 먹었고 또 몇몇은 잠이 들었다.

지렁이와 반딧불은 몇 시간 동안이나 춤을 추었다.

그러나 해가 뜨자 지렁이가 말했다. "이것 봐. 나 이제 다시 떠나야 해. 안녕, 반딧불아." 그리고 땅속으로 사라졌다.

"안녕, 지렁이야." 반딧불이 대답했다.

그대로 한동안 생각에 잠겼다.

그러고는 숲을 향해 날아가며 멀리 나무들 위에 떠 있는 태양을 감탄하며 바라보았다.

6

“나 정말로 여행을 떠나야겠어, 다람쥐야.” 어느 날 아침 개미가 말했다.

둘은 다람쥐 집 문 앞 나뭇가지에 앉아 있었다. 다람쥐는 이제 막 잠에서 깨어 여전히 하품을 하고 있었다.

“꼭 그래야 하냐고 물으면 안 돼. 왜냐하면 꼭 그래야 하니까.” 개미가 다시 말했다.

“난 그렇게 묻지도 않았는데.” 다람쥐가 대꾸했다.

“그렇긴 하지만 막 그렇게 물으려던 참이었잖아, 솔직해져봐.”

다람쥐는 말이 없었다.

“지금 우리가 할 수 있는 최선은 말이지, 그냥 차분하게 헤어지는 거야.”

"그래." 다람쥐가 대답했다.

"그러니까 통곡하며 울고불고, 얼마나 그립겠니, 빨리 돌아와야 해, 어쩌고 하는 그런 이별을 내가 얼마나 싫어하는지 다람쥐 네가 알아야 하는데……"

다람쥐가 끄덕였다.

"자, 이제 네가 현관에 가 서면 돼." 개미가 말했다.

다람쥐는 현관에 가서 섰다.

개미가 손을 내밀고 말했다. "음, 다람쥐야, 그럼 또 만나자."

"안녕, 개미야. 여행 잘 다녀와." 다람쥐가 대답했다.

그러나 개미는 그 이별 인사가 만족스럽지 않아 그대로 멈춰 서고 말았다.

"다람쥐 너 목이 메었어, 내가 분명히 들었어." 개미가 말했다.

둘은 다시 이별을 시도했다. 이번에는 개미가 다람쥐 눈에서 눈물이 그렁거리는 걸 얼핏 보았다고, 잘 다녀오라는 인사도 마음에 들지 않는다고 했다.

"너 지금 마음이 끔찍하구나, 다람쥐야. 너 아주 끔찍이 슬퍼하고 있어, 내 눈에 다 보여!"

다람쥐는 말이 없었다.

"진정해!" 개미가 소리쳤다.

둘은 “최고의 여행이 되길.”이라는 말로 다시 한 번 이별을 시도했다. 다음에는 아무 말 하지 않고 이별을 해보고, 서로 쳐다보지 않고 이별을 시도해보았다. 다람쥐는 그 어느 때보다 차분했다. 그러나 개미는 그것조차 마음에 들지 않았다.

“이런 식으로는 여행을 떠날 수가 없겠어.” 개미는 기분이 상해서 말했다. “정말 꼭 가야 하는 여행이지만. 반드시 떠나야 하는데 말이야!”

“그러게.” 다람쥐가 대답했다.

그러고는 아무 말 없이 다람쥐 집 앞 나뭇가지에 앉아 떠오르는 태양 빛을 바라봤다. 숲에서는 소나무향이 풍기고 멀리서 개똥지빠귀가 노래를 했다.

7

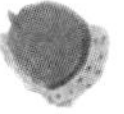

어느 날 아침 다람쥐가 집 문을 나서다가, 버드나무 위로 하늘 높이 작고 하얀 구름 위에 앉아 있는 코끼리를 보았다.

"다람쥐야!" 코끼리가 소리치며 앞다리와 코를 흔들어 보였다.

"응." 다람쥐가 소리쳐 대답해주었다.

"나 여기서 어떻게 내려갈 수 있을까?" 코끼리가 물었다.

"그냥 떨어져야 할 것 같은데?" 다람쥐가 대답했다.

"떨어지라고?" 코끼리가 다시 물었다.

"응."

"그건 어떻게 하는 거야?"

"음…… 그걸 어떻게 설명해야 하지……" 다람쥐가 외쳤다.

무더운 아침이었고, 태양이 나무 위로 천천히 떠올라 구름이 빠른 속도로 작아지고 있었다.

"시범 좀 보여줄 수 있니?" 코끼리는 걱정스러운 목소리로 이렇게 외쳤다.

"그래 좋아." 다람쥐가 대답했다. 그러고는 너도밤나무 꼭대기에서 땅으로 요란하게 떨어져 보였다.

다람쥐는 뒤통수에 커다란 혹이 생겼지만, 짓눌려 뭉개진 꼬리를 다시 꼿꼿이 몸에 휘감아 세우고는 위를 쳐다보았다.

"오, 그러니까 그게 떨어지는 거구나!" 코끼리가 대답했다.

"으응." 다람쥐가 신음하며 괴로워했다.

그제야 코끼리도 몸을 떨어뜨렸다.

그러나 코끼리는 다람쥐처럼 한 번에 제대로 떨어지지 못하고 이리저리 비행하듯이, 그것도 아주 빠른 속도로 소용돌이치듯이 날면서 떨어졌다. 마지막에는 버드나무를 지나 갈대가 우거진 강으로 날아들었다.

속도가 워낙 빨라, 물에 빠진 후 강바닥까지 내려가서 물달팽이 집 지붕에 닿게 되었다.

"우리 집에 오기로 했던가?" 놀란 물달팽이가 물었다. 그사이 코끼리는 묵직한 충돌과 함께 안락의자로 떨어져 앉았다.

"아니, 아니야." 코끼리가 신음하며 대답했다.

"다행이군. 지금 집에 손님 대접할 게 아무것도 없어도 괜찮다는 뜻이니." 물달팽이가 대꾸했다. 그러고는 손을 비볐다.

"그렇지만 집에 뭔가 있을지도 몰라. 한번 살펴볼까? 너 뭐 좋아하니?" 물달팽이가 계속해서 말했다.

그러고는 시커먼 찬장 문을 힘껏 열어 젖혔다.

"나 지금 하늘에서 떨어진 거야. 구름 위에서 말이야." 코끼리가 작은 소리로 말했다.

"아 그래?" 물달팽이가 작은 장 쪽으로 활처럼 몸을 구부린 채 물었다. "아니 그러니까, 그게 정말이라고?"

잠시 후 둘은 서로 마주 보고 앉아 달짝지근한 해초를 먹었다. 가끔 탁한 물도 한 모금씩 들이켜면서.

코끼리는 떨어지는 건 어땠는지 가능한 한 자세히 설명해주었다. 물달팽이는 한 번도 들어본 적 없는 이야기였다.

"물에 떠다니는 거랑 비슷하니?" 물달팽이가 물었다.

"멀리서 보면 그렇지. 아주 멀리서 보면." 코끼리가 대답했다.

"세상에나 세상에나. 그런 게 가능하다니." 물달팽이가 말했다.

코끼리는 다시 한 번 무릎을 맞대고 코에 튄 진흙을 쓸어내며 말했다. "그리고 뛰는 것에 대해서는 내가 아직 이야기 시작도 안 했지, 물달팽이야?"

"응, 아직." 물달팽이가 대답했다.

물달팽이는 고개를 저으며 코끼리의 접시에 뭔가 수북이 더 담아주었다.

그날 오전이 지나도 둘은 여전히 뛰기에 대해 이야기하고 있었다. 코끼리 말에 의하면 멀리서 봤을 때 발을 질질 끌거나 물장구치는 것처럼 보이는 뛰기.

"너 물장구칠 수 있어?" 물달팽이가 물었다.

코끼리는 잠시 생각한 후 머뭇거리며 대답했다. "아…… 아니, 아마 아닐걸."

"나도 못해. 그래도 그게 내가 제일 하고 싶은 거야. 살살 물장구치는 거. 단 한 번만이라도 할 수만 있다면……" 물달팽이가 대꾸했다.

코끼리의 이마에 주름이 생겼고 그렇게 둘은 한참 동안 아무 말도 없이 강바닥 물달팽이 집에 나란히 앉아 있었다.

8

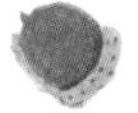

귀뚜라미는 어느 날 위시 리스트를 파는 상점을 열었다. 대부분의 동물들이 생일 선물로 무엇을 받고 싶은지 스스로 알지 못했기 때문이다. 귀뚜라미는 판매대 뒤에 의자를 놓고 앉아 양손을 비비며 첫 번째 손님이 오기만을 기다리고 있었다.

첫 번째 손님은 다음 주에 생일을 맞으면서도 무슨 선물을 받고 싶은지 모르는 코뿔소였다.

"아하!" 귀뚜라미가 외쳤다.

그리고 종이 한 장을 가져와 이렇게 썼다.

코뿔소의 위시 리스트

그러고는 판매대 뒤에서 나와 코뿔소 주위를 몇 차례 왔다 갔다 하며 혼잣말을 중얼거리고 코뿔소의 귀를 들어 그 뒤를 살펴보더니 다시 제자리로 돌아갔다.

그러고는 위시 리스트에 이렇게 썼다.

풀로 만든 케이크

"풀로 만든 케이크라고?" 코뿔소가 물었다.

"응, 그건 나에게서 받을 선물이야. 미나리아재비의 질긴 풀과 달콤한 토끼풀로 만든 케이크." 귀뚜라미가 대답했다.

"좋아. 엉겅퀴도 조금 넣어주면 좋겠어." 코뿔소가 덧붙였다.

귀뚜라미는 한참을 깊게 생각하다가 눈을 꼭 감더니 목소리를 가다듬고는 풀로 만든 케이크 아래에 뭔가를 썼다.

여러 가지

"그건 뭐니?" 코뿔소가 물었다.

"그거 모르니?" 귀뚜라미가 되물었다.

"응 몰라." 코뿔소가 대답했다.

"음, 그렇지, 그게 맞지. 그건 네가 미리 알 수 없지. 그러니까 '여러 가지'라고 하는 거지." 귀뚜라미가 대답했다.

귀뚜라미는 기뻐서 폴짝폴짝 뛰며 외투를 펄럭였다.

코뿔소는 위시 리스트를 가지고 가서 어차피 받게 될 '풀로 만든 케이크'에만 두 줄을 그은 후 모두에게 보여주었다.

그리고 일주일이 지나 코뿔소의 생일이 되었다. 코뿔소는 귀뚜라미의 엉겅퀴 넣은 풀 케이크와 다른 동물들의 여러 가지 선물을 받고 아주 기뻐했다.

9

"다람쥐야, 만약 내 등딱지에 비가 새면 어떡하지?" 어느 날 거북이가 다람쥐에게 물었다.

"글쎄…… 그럼 어떻게 되는지 한번 보지 뭐. 그런데 지금은 비가 안 오잖아?" 다람쥐가 대답했다.

"안 오지, 그렇지만 만약 비가 온다면, 그리고 만약에 비가 샌다면 말이야……"

"너무 걱정할 필요 없어, 거북이야." 다람쥐가 말했다. 그리고 거북이의 등딱지를 위로하듯 토닥거렸다.

거북이는 한숨을 내쉬었다.

"그리고 만약 내 발 아래 땅이 갑자기 푹 꺼져버리면, 그래서 내가 공중에 붕 뜨게 되면 그러면 또 어쩌지?"

다람쥐도 그건 알 수가 없었다. 그러나 계속해서 거북이는 자신이 갑자기 움직이지 못하게 된다면, 혹은 하루 종일 자신의 존재에 대해 한탄만 하게 되면 어떻게 하냐고 물었다.

"혹시라도 그런 일이 생긴다면, 다람쥐야, 하루 종일 한탄해야만 하는 그런 일이 만약 생긴다면……" 거북이가 절망적으로 말을 이어 갔다.

다람쥐는 상상해보았지만 전혀 즐겁지가 않았다.

"나 지금 우울한 거 맞지, 다람쥐야?" 거북이가 물었다.

"응, 내 생각에 너 좀 우울한 것 같아." 다람쥐가 대답했다.

"오, 그래?" 거북이가 말했다. 그리고 놀라움에 옅은 미소를 지어 보였다. "에구 난 내가 우울해질 수 있을 거라곤 생각도 못했어. 그래그래. 그러니까 지금 내가 우울한 거구나."

거북이는 신이 나서 자신을 돌아보며 꿀꿀 소리 같은 걸 내기도 했다.

"그런데 너 지금은 더 이상 우울한 것 같지 않아." 다람쥐가 그런 거북이를 보고 말했다.

"잉, 우울한 게 아니라고?" 거북이가 물었다. 얼굴이 갑자기 어두워졌다.

"이제 다시 우울해진 것 같아."

"흠, 우울하다는 건 아주 복잡한 거구나." 거북이가 말했다. 그리고 걱정스러운 듯 이마를 찌푸렸다.

다람쥐는 우울하다는 건 사실 굉장히 복잡한 것이고, 그래서 자신은 한 번도 제대로 우울해진 적이 없다고 말했다.

거북이는 자부심에 얼굴빛이 환해지는 듯했으나, 다시 매우 걱정스러워 보였다.

10

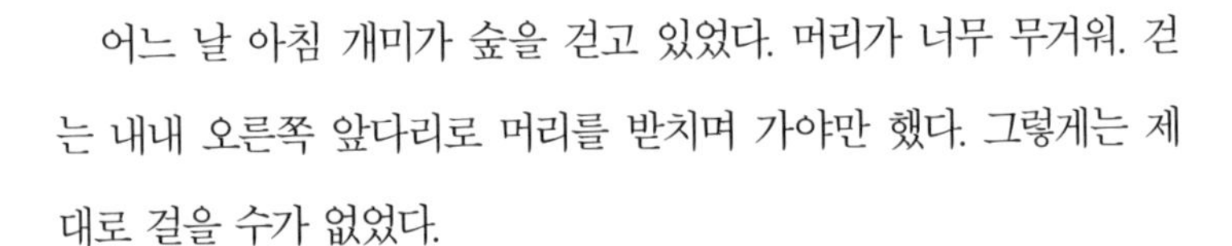

어느 날 아침 개미가 숲을 걷고 있었다. 머리가 너무 무거워. 걷는 내내 오른쪽 앞다리로 머리를 받치며 가야만 했다. 그렇게는 제대로 걸을 수가 없었다.

개미는 버드나무 아래에 서서 한숨을 내쉬었다.

거기는 돌이 하나 있었다. 개미는 그 위에 앉아 양쪽 앞다리로 머리를 받치고 있었다. 정말 너무 무거워.

'왜 그런지 이유를 알겠어. 내가 세상 모든 걸 다 알아서 그래. 그래서 이렇게 무게가 많이 나가는 거지.'

컴컴한 날이었다. 잠깐씩 비가 내리기도 했다. 먹구름이 하늘을 좇고 있었다. 나무들은 바람에 삐걱삐걱 소리를 내거나 낑낑 신음하는 듯했다.

내가 모르는 것 없이 모든 걸 다 알아서 정말 다행이야. 왜냐하면 알아야 할 게 남아 있다면, 머리가 너무 무거워 아예 들어 올리지도 못했을 테니까.

개미는 안간힘을 짜내 고개를 저었다. 그리고 앞다리로 버티지 않으면 머리가 어떻게 밑으로 내려올지, 그리고 어떻게 쿵 하고 바닥에 떨어질지 상상해보았다. 그러면 내가 지는 거야.

내가 이렇게 지독스럽게 생각을 많이 하는데, 당연한 거지. 난 세상 모든 걸 다 생각해. 꿀에 대해, 숨 막히는 느낌에 대해, 바다에 대해, 의심에 대해, 빗줄기에 대해, 감초에 대해, 계속해볼까. 그러니까 지금 그런 것들이 전부 내 머릿속에 있다는 말이야.

팔꿈치가 저리기 시작했다. 천천히 돌에서 미끄러져 내려왔다. 개미는 결국 바닥에 엎드려 눕고 말았다. 머리가 조금 더 무거워진 것이다.

그러니까 분명히 좀 전까지 몰랐던 뭔가를 더 알게 된 거야. 이제는 더 이상 내가 모르는 게 없기만을 바랄 뿐이야.

더 이상 고개를 젓거나 끄덕일 수 없다는 걸 깨달았다. 웃는 건 될까? 한번 시도해보았으나, 입술에 살짝 나타난 옅은 미소만 느껴졌다. 하품하는 건 더 이상 가능하지 않았고 찡그리거나 혀를 내미는 것도 불가능했다.

개미는 그런 상태로 어두운 가을날 숲 한가운데 누워 있었다.

모든 걸 알기 때문에 다람쥐가 그날 오후 우연히 길을 지날 거라는 사실도 알았다.

"개미야!" 그렇게 누워 있는 개미를 발견하고 다람쥐가 놀라 물었다. "거기서 뭐 하는 거니?"

"머리를 못 움직이겠어." 개미가 대답했다.

"왜 못 움직여?" 다람쥐가 다시 물었다.

"내가 아는 게 너무 많아서." 개미의 목소리는 예사롭지 않았고, 약간 의기소침해져 있었다.

"뭘 너무 많이 아는 거야?" 다람쥐가 또 물었다.

"난 세상 모든 걸 알아." 개미가 대답했다.

다람쥐는 커다란 눈으로 그를 바라보았다. 진지하게 생각했다. 자신도 아는 게 분명히 좀 있긴 한데, 그래도 아는 것보다 모르는 게 훨씬 더 많을 것 같았다. 그래, 그러니까 내 머리는 이렇게 가볍겠지. 다람쥐는 가볍게 머리를 이리저리 흔들어보았다.

"그래서 어쩌니?" 다람쥐가 물었다.

"안타깝지만 뭔가는 좀 잊어야 할 것 같아." 개미가 대답했다.

다람쥐도 그것이 최선이라고 생각했다. 그러나 뭘 잊어야 할까? 태양? 꿀케이크의 맛? 향유고래의 생일? 겨울 외투? 개미는 이미 그런 것들은 잊으려고 해보았다. 그러나 별 차이가 없었다.

"어쩌면 나를 잊어야 할지도 몰라." 마지막에 다람쥐가 조심스레 말했다.

"너를?" 개미가 말했다.

"그렇게 할 수 있겠지?" 다람쥐가 물었다.

개미는 끄덕였다. 그리고 눈을 감았다. 그러자 갑자기 개미가 마치 강풍 속 깃털처럼 높이 날아올랐다.

다람쥐는 뒤로 물러났다. 개미는 눈앞에서 나무 위로 거의 사라져버리다시피 했다. 그러다 다시 땅으로 떨어졌다.

"나 방금 너를 정말로 잊었었는데, 다람쥐야, 그런데 갑자기 다시 네 생각이 났지 뭐니." 개미가 고통스러운 얼굴로 뒤통수를 문지르며 말했다.

다람쥐는 땅을 쳐다보며 말했다. "난 그냥 제안해본 것뿐인데."

"응." 개미가 대답했다.

개미는 땅에 앉아 있었다. 그러나 쿵 하고 떨어진 충격으로 자신이 세상 모든 걸 알고 있었다는 사실을 잊어버렸다. 그러고는 갑자기 놀라며 벌떡 일어났다.

잠시 후 둘은 숲을 걸었다. 한참을 아무 말도 하지 않았다.

그때 다람쥐가 말했다. "그러고 보니 우리 집에 너도밤나무 꿀단지가 아직 있어."

"아하, 그건 몰랐네!" 개미가 말했다. 그러고는 기뻐서 공중으로 폴짝 뛰어오르며 너도밤나무를 향해 달려갔다.

11

겨울이 되었다. 귀뚜라미는 날이 추워지자 생각했다. '항상 따뜻하게 지낼 수 있게 아주 두꺼운 외투 하나 있었으면 좋겠네.' 그렇게 오들오들 떨면서 눈을 헤치고 숲속을 걸어갔다.

귀뚜라미는 외투를 팔고 있던 족제비의 가게로 향했다. 문 앞에는 무지하게 커다란 시커먼 외투가 걸려 있었는데, 거의 참나무 아래 가지까지 닿을 정도였다. 빨간색 외투, 아주 작은 사이즈의 외투, 소매가 수백 개 달린 외투, 나무로 만든 외투, 반짝이는 외투까지 가게 안에는 다양한 외투들이 걸려 있었다.

"나는 큰 사이즈의 외투가 필요해." 귀뚜라미가 말했다.

"응, 좋아." 족제비가 대답했다.

귀뚜라미는 둘이서 함께 집어 올린 큰 사이즈의 외투를 입어보왔다.

외투는 두껍고 묵직해서 마침내 귀뚜라미는 따뜻해졌다. 이제야 내 볼이 제대로 발갛게 달아오르는군. 감격스러운 생각까지 들었다.

귀뚜라미는 족제비에게 인사를 하고 한 발 한 발 끌어가며 숲으로 돌아갔다.

잠시 후 다람쥐와 개미를 마주쳤다.

"안녕, 외투야." 개미가 인사했다.

귀뚜라미는 단춧구멍으로 내다보며 대답했다. "안녕, 개미야."

"누구니?" 다람쥐가 놀라서 물었다.

"큰 외투." 개미가 대답했다.

"큰 외투? 새로 온 이웃이니?" 다람쥐가 물었다.

"아니, 새 이웃은 아니고, 좀 유별나긴 해." 개미가 대답했다.

귀뚜라미는 아무 말도 하지 않고 깊이 생각하며 계속해서 길을 걸었다. 그래, 그러니까 내가 큰 외투라는 거지. 그래.

자신이 귀뚜라미였다는 것을 잊어버리기까지는 그리 오래 걸리지 않았다.

제법 추운 겨울이군. 귀뚜라미는 만족스러웠고, 예전에는 머리였던 부분 위까지 옷깃을 더 단단히 여미었다.

그러나 여름이 다가오자 점점 더워졌다.

어느 날 참다못한 귀뚜라미는 너도밤나무 그늘 아래 덤불숲에서 소매를 넓게 펴고 대자로 늘어져 있었다.

"너는 너무 더워 외투야." 귀뚜라미가 말했다.

"그러게." 그리고 숨을 내쉬며 혼잣말로 대답했다.

갑자기 여름은 어디서 왔는지 궁금해졌다. 그런 생각은 한 번도 해본 적이 없구나. 그러고는 물외투를 꿈꾸기 시작했다. 헐렁하게 어깨 위로 툭 걸쳐져 등허리를 따라 쭉 떨어지는 그런 물외투.

아주 푹푹 찌는구나. 몸이 덜덜 떨리고, 오한이 들고, 이가 닥닥 부딪히던 것이 그립다고 생각했다. 파랗게 된 더듬이와 꽁꽁 언 날개까지도 그리웠다. 눈을 감고 눈보라가 치는 것을 상상해보았다.

귀뚜라미는 온 힘을 다해 외투를 잡아당겨 벗은 다음 너도밤나무 아래 땅바닥에 내려놓았다.

"안녕, 외투야."

그제서 귀뚜라미는 강 위로 날아오를 수 있었다. 목욕이나 해야겠어. 귀뚜라미는 생각했다.

12

한밤중에 다람쥐는 어떤 소리에 잠을 깼다. 창문이 활짝 열리더니 코끼리가 날아 들어왔다. 코끼리는 새빨간 모자를 쓰고 있었다.

"코끼리야!" 다람쥐가 깜짝 놀라 침대에서 벌떡 일어났다.

그러나 코끼리는 아무 말 없이 몇 차례 이리저리 방을 날아다니다가, 콧노래도 부르고, 다람쥐의 옷장도 살펴보고, 귀도 한 번 가볍게 펄럭거리고, 모자를 고쳐 쓰더니 다시 밖으로 날아갔다. 마치 깃털 같았다.

그러나 잠시 후 굉음과 함께 "아우" 하는 소리가 들려왔고, 그 바람에 창문도 다시 닫혀버렸다.

다음 날이 되어 잠에서 깬 다람쥐는 모든 것이 꿈이었다고 확신했다.

그러나 그날 오후 코끼리를 만나 그 꿈 이야기를 했더니, 코끼리는 머리에 난 혹을 보여주며 말했다. "여기 봐, 나 지난밤 너도밤나무 밑으로 떨어졌어."

"그러면 어젯밤 네가 현실이었다고?" 다람쥐가 놀라 물었다.

"흠, 현실이라…… 현실이 뭐지…… 난 그게 말이야, 항상 애매한 개념 같거든……" 코끼리가 조심스럽게 대답했다.

"그럼 그 모자는…… 그 빨강 모자도 현실이었던 거니?" 다람쥐가 다시 물었다.

"흠, 그렇지, 그 모자……" 코끼리의 입술에 부드러운 미소가 번졌다. 그리고 다람쥐 너머 더 먼 곳을 바라보았다. "이야기가 좀 길어……" 그가 말했다.

다람쥐는 더 이상 아무것도 묻지 않았다. 이마에는 깊게 주름이 패었고 이내 코끼리에게 작별 인사를 했다.

해가 지자 다람쥐는 창문을 굳게 닫고 그 앞에 찬장을 기대어두었다. 그날 밤에는 아무도 날아 들어오지 않았다.

13

생일을 맞은 오징어가 바다 저 밑 동굴에서 검정 케이크를 만들었다.

가오리만이 방문해서 아무 말 없이 검정 덩어리를 큼직하게 썰어 먹었다.

"오징어야, 케이크가 조금 쓴 것 같아." 가오리가 케이크를 한가득 머금고 중얼댔다.

"그렇구나." 오징어는 케이크를 처량하게 쳐다보았다.

"노래는 벌써 불렀니?" 가오리는 케이크를 금세 다 먹고 물었다.

오징어는 고개를 내저으며, 촉수를 앞으로 쭉 뻗고, 오로지 불협화음뿐인 노래를 악을 쓰며 부르기 시작했다. 가오리는 아름다운 노래가 아니라고 생각했지만, 오징어에게는 그냥 이제 가봐야 할 때가 되었다고만 했다.

"잘 가, 가오리야." 오징어가 말했다.

"잘 있어, 오징어야." 가오리가 대꾸했다.

오징어는 혼자 남겨졌다.

내 생일은 엉망이 돼버렸어. 오징어의 눈에서 시커먼 눈물이 뚝뚝 떨어졌다.

마지못해 남은 케이크를 먹어 치웠다. 그리고 힘차게 위를 향해 외쳐보고 싶었다.

"다들 어디 있는 거니?"

그렇지만 속으로만 생각할 뿐, 막상 외칠 수는 없었다.

나는 항상 생각만 해, 항상. 한 번쯤은 생각만 하는 게 아니라 정말로 외쳐본다면 어떻게 될까. 다들 대답해주겠지.

"여기야! 우리 여기 있어!"

그러고는 모두 아래로 내려올 거야. 어쩌면 같이 춤을 출 수 있을지도 몰라. 진지하고 처량한 춤을.

결국 오징어는 바닷속 해구에서 어둡고 우울한 생각을 하며 잠이 들었다.

14

어느 날 아침 사자는 자신이 너무 두려워져서 힘껏 도망쳐 달려가다가 참나무 아래 덤불숲에 숨어버렸다. 어둠 속에 떨면서 앉아서는 으르렁 포효하거나, 무시무시하게 쳐다보는 것도 하지 않겠다고 결심했다.

그래도 어쩔 수 없이 소리는 내야겠다고 생각했다. 모두가 소리를 낼 수 있으니까. 그렇다면 어떤 소리를 낼까? 잘 생각해보자. 삐약삐약? 아니면 잉잉?

빨리 결정할 수가 없었다. 사자는 몸을 아주 작게 하고서 땅을 쳐다보았다. 그동안 자신이 얼마나 큰 소리로 포효했는지 기억이 날 때마다 몸서리가 쳐졌다. 휴우, 다시는 그러고 싶지 않아.

그날 오후 다람쥐가 참나무를 지나다가 사자가 앉아 있는 것을 보았다.

“안녕, 사자야.” 다람쥐가 인사했다.

“안녕, 다람쥐야.” 사자가 대꾸하며 얼굴을 붉히고 갈기로 뺨을 가렸다. 그러고는 아주 조심스레 목소리를 가다듬고서 말했다.

“뭐 좀 물어봐도 되겠니?”

“응.”

“나한테 어떤 소리가 어울릴 것 같니? 삐약삐약? 아니면 잉잉? 아니면 아주 부드러운 다른 소리?”

“이제 더 이상 포효하지 않으려고?” 다람쥐가 놀라서 물었다.

“응.” 사자가 소심하게 대답했다.

“글쎄. 잉잉이라, 잉잉…… 아무래도 삐약삐약이 그나마 나은 것 같은데.”

“고마워. 그러면 삐약으로 할게.”

사자는 작게 삐약거리기 시작했고, 차마 볼 수가 없어 자리를 떠나버리는 다람쥐를 어리둥절하게 쳐다보았다.

그날 저녁 사자는 딱정벌레의 생일 파티에 나타났다. 사자는 문가까이 어두운 곳에 혼자 서서 작은 소리로 삐약거렸다. 파이 한 조각도 먹고 싶은 마음이 없었다. 개미가 그에게 뭔가 물어보았지만 눈을 떨구고 아무것도 모른다고, 어디서도 들어본 적 없다고 대답했

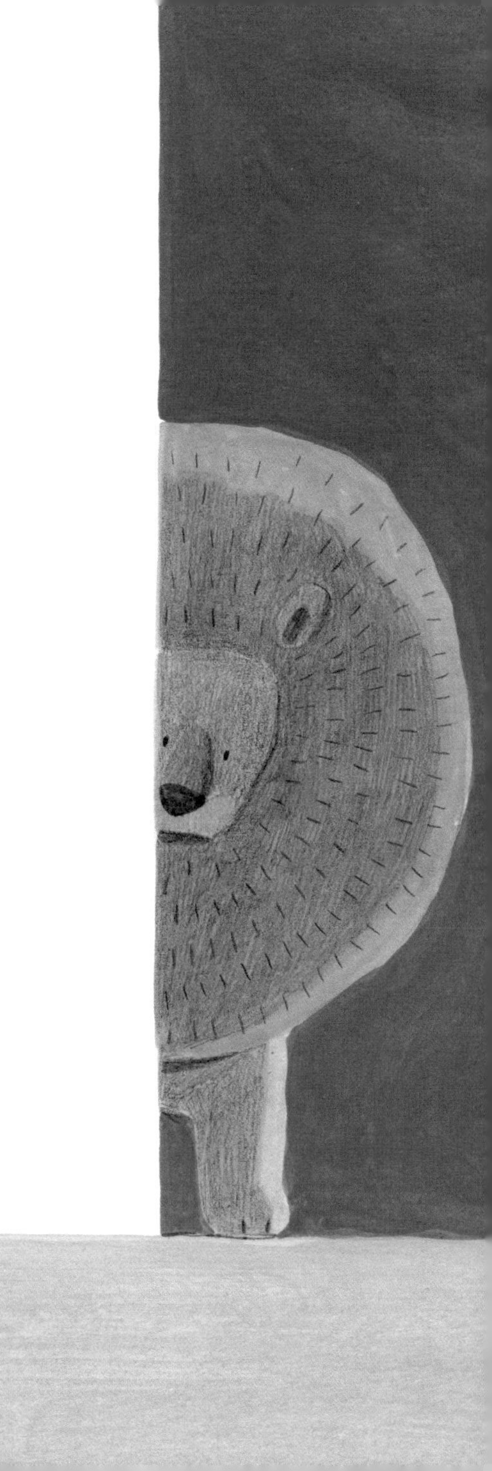

다. 그러고는 이내 머리를 푹 숙이고 살금살금 집으로 돌아갔다.

사자는 한동안 그렇게 지냈다. 눈에 띄지 않고, 소심하게. 다만 잠을 자면서는 이따금씩 큰 소리로 무섭게 포효했다. 그 소리로 덤불숲이 요동치고 나무가 흔들리면 사자는 놀라 무서워하며 잠에서 깨곤 했다.

"도와줘." 사자는 혼잣말을 했다. 그리고 갈고리 같은 발톱 아래로 머리를 숨겼다.

어떤 동물들은 사자에게 받던 공포를 그리워하기도 했다. "아, 우리는 무엇 때문에 떨었을까……!" 이런 말을 하면서 고개를 끄덕이고 머리를 흔들었다.

쥐는 사자가 삐약대는 것도 불편했다. 게다가 그가 내는 '삐약'은 비슷하지도 않았다. 그렇지만 사자에게 그런 말을 해줬더니 사자는 흐느끼기 시작했다. 쥐는 재빨리 사과하고 그의 삐약이 상냥하게는 들린다고 말해주었다.

"오, 정말? 정말로 그렇게 생각하니?" 사자가 물었다.

"응." 쥐가 대답했다.

"고마워, 쥐야." 사자가 말했다. 사자의 얼굴이 붉어지자 갑자기 주위가 후끈후끈해졌고, 쥐는 사자가 녹아 없어질 것만 같다는 생각이 들었다.

15

"장수말벌아, 네 독침이 아플 때도 가끔 있니?" 한번은 꿀벌이 장수말벌에게 이렇게 물었다.

"아니. 그런데 안타깝게도 허리는 아플 때가 있어. 너는 안 그러니?" 장수말벌이 대답했다.

"아니. 허리가 아픈 적은 한 번도 없었어." 꿀벌이 대꾸했다.

"아아." 장수말벌이 말했다.

동물들이 숲 가장자리에 있는 강가 버드나무 아래에 나란히 앉아 있었다.

"가끔 내 돌기가 아플 때가 있긴 해. 뭔가 마비된 것 같은 통증이야. 마치 돌기가 어디에 부딪힌 것 같은. 그런 아픔." 해마가 말했다.

"나는 말이야, 종종 등딱지가 아파. 특히나 아침 일찍부터 움직여야 할 땐 말이야." 거북이는 잠시 말을 멈추었다. 그러곤 이렇게 덧붙였다. "그럴 때는 그냥 가지 않는 게 최선이지."

사슴은 뿔이 아프다는 이야기를 했다. "내 뿔 전체가 불에 타는 듯한 통증이 있어."

달팽이는 더듬이에 경련이 일곤 한다고 말했다. 그리고 낙타는 자신의 혹이 불쾌하게 얼얼할 때가 있다고 했다.

"난 여기가 아파." 하마는 입을 넓게 벌려 입안을 가리켰다. 모두 몸을 앞으로 구부려 입안 어디가 아픈 건지 들여다보려고 했지만 어둡고 깊어서 어딘지 구별할 수가 없었다.

"안 보인다니 아쉽다. 꽤 흥미로운 통증이거든." 하마가 말했다.

"난 아픈 데가 없어." 갑자기 개미가 말했다.

모두가 입을 닫고 놀란 눈으로 개미를 바라보았다.

"아픔은 터무니없는 생각이야." 개미가 말을 이었다.

다람쥐는 이따금씩 자기 안에서 느끼는 아픔에 대해 생각해보았다. 콕 집어 어디가 아픈지는 절대 알 수 없었다. 뭔가 울적한 아픔이었다고 생각했다. 그런 아픔도 터무니없는 것일까?

무더운 날이었다. 강은 반짝거렸지만, 모두가 아무 말 없이 아픔에 대해 생각하면서, 그 아픔이 정말인지, 터무니없는 건지 자문해보았다.

해가 넘어가고 바람이 일었다. 강이 출렁이기 시작했다.

"쑤시는 듯한, 뭐 그 정도의 통증은 나도 가끔 있어." 잠시 후 개미가 작은 소리로 말했다. "너희들이 그것도 아픔이라고 부르고 싶다면, 그래도 좋아."

16

어느 날 아침 다람쥐가 잠에서 깨니 벽을 두드리는 소리가 들려왔다.

"거기 누구니?" 다람쥐가 물었다.

"나야, 코끼리." 코끼리가 대답했다.

벽에는 큰 구멍이 생겼고 이내 코끼리가 들어왔다.

"어째서 문이 아니라 거기로 들어오는 거니?" 다람쥐가 물었다.

"아, 실례했어. 내가 이렇게 서툴러. 다시 돌아 나갈까?" 코끼리가 대꾸했다.

"아니야, 아니야." 다람쥐가 말했다.

벽은 이미 부서졌고 차가운 바람이 발로 스며들었다.

"차 한잔할래?" 다람쥐가 물었다.

"응, 좋아." 코끼리가 대답했다.

코끼리는 잔을 받아 코로 차를 저으려다가 그만 식탁에서 찻잔을 밀쳐버렸다.

"아이쿠." 코끼리가 외쳤다. 그러곤 잔을 붙잡으려다가 그만 식탁을 꽉 잡아버렸다.

그러고는 "잡았다!"라고 외치다가 실수를 알아차린 후에야 식탁을 다시 놓았지만, 찻잔은 바닥으로 떨어지며 산산조각 나버렸다.

"아휴, 정말 미안해." 코끼리가 말했다. 그러고는 어처구니없게도 옷장이니 의자에 이리저리 밀치고 부딪혔다.

"나 이만 가는 게 좋겠어." 코기리가 말했다. 그러고는 머리를 흔들며 문을 가로질러 밖으로 걸음을 옮겼다.

"오, 미안해. 정말 미안해!" 코끼리는 나가면서 외쳤다.

다람쥐는 아무 말도 하지 않았다. 코끼리도 어쩔 수 없었을 거야. 다람쥐는 깨진 조각과 구멍 사이에 앉아 생각했다.

다른 데로 이사할 좋은 기회야. 다람쥐는 이렇게 생각하며 두 손을 비볐다.

17

딱정벌레가 대초원을 걷고 있었다. 한낮이었고 하늘은 푸르렀다. 꼭지 발로 서서 둘러보아도 대초원 말고는 아무것도 보이지 않았다. 먼 곳은 보이지도 않을 정도로 그저 멀기만 했다.

이 초원이 광활하고 헤아릴 수 없는 그런 정도일까? 이런 의문이 들었지만 어디 물어볼 곳이 없었다.

날은 더웠고 딱정벌레는 갈증이 생겼다. 갈증이 나면 어떻게 해야 하나? 스스로에게 물어보았다. 어느 정도의 갈증이 생긴 거지? 그조차도 알 수 없었다. 그러나 입천장이 달라붙어 혀를 더 이상 움직일 수 없게 되었을 때 비로소 깨달았다. '심한 갈증이구나. 어쩌면 이것이야말로 헤아릴 수 없는 정도의 갈증인가!' 딱정벌레는 땅바닥을 바라보며 생각했다.

그러고는 한숨을 내뱉고 힘겹게 계속해서 터벅터벅 걸어갔다.

태양은 바로 머리 위에 떠 있었다. 그걸 보려면 등을 땅에 대고 누워야 했지만 그러기엔 너무 피곤해 그냥 주저앉았다.

나의 피로 역시나 너무 크고 헤아릴 수 없을 정도군.

딱정벌레는 쉽게 떠올릴 수 있는 작은 일들에 대해서만 생각해보려고 했다. '그러지 않으면 내 생각도 너무 크고 헤아릴 수 없게 될 테니까.' 생각만 해도 끔찍했다.

제일 먼저 덤불 아래 집을 떠올렸다. 아무도 들어올 수 없을 만큼 작은 집. 그 집에 놓인 창가 의자. 자신도 작았다. 그다음엔 작은 편지를 생각했다. "안녕, 딱정벌레야"라고만 쓰여 있을 뿐, 보내는 이도 없는 작고 파란 편지였다. 그리고 테이블 위에는 작은 케이크 한 조각이 놓여 있고, 차가운 물이 딱 한 방울만 담긴 잔이 있다. 그 한 방울의 딱 반만이라도 얼마나 맛이 있을까.

딱정벌레는 대초원 한가운데 메마른 풀 위에 앉아서 생각할 수 있는 가장 작은 것들에 대해 생각했다.

해는 점점 기울어져갔고, 그를 둘러싼 광활하고 텅 빈 평야 위로 지글지글 타오르는 붉은 빛을 내며 미끄러져 내려갔다.

18

어느 날 아침 갑자기 모든 동물들이 위로 떨어졌다. 그렇게 멀리는 아니지만 그래도 꽤 멀리, 위로 떨어졌다.

코끼리는 보리수나무 중간쯤까지 떨어지고, 강꼬치고기는 깃털처럼 생긴 갈댓잎까지, 거북이는 참나무 맨 아래 가지까지, 아주 멀리 바다에서는 고래가 두꺼운 잿빛 구름까지 떨어졌다.

두더지와 지렁이는 땅을 지나 높이 장미 덤불에까지 떨어져 그들에게 내리꽂힌 태양 빛에 떨고 있었다.

모두가 어딘가에 매달려서 놀란 채 아래를 내려다보고 있었다.

다람쥐는 너도밤나무 꼭대기, 때마침 꿀단지를 챙겨올 수 있었던 개미 옆에 매달려 있었다.

“우리는 여기 잘 매달려 있는 것 같아.” 다람쥐가 말했다.

개미는 단지를 꼭 조여서 단단히 붙잡고 있었다. 꿀도 단지에서 위로 떨어져 눈앞에서 사라져버릴지 몰라 두려웠다.

"그래, 당장은 여기 잘 매달려 있는 것 같아." 개미가 대답했다.

숲 저 끝에 있는 가문비나무 가지에는 코뿔소가 매달려 있었다. 자잘한 침엽들이 코와 귀를 찔러댔다.

"도대체 누가 이렇게 세상을 뒤집어놓은 거야?" 코뿔소가 큰 소리로 외쳤다.

아무도 알지 못했다. 그러나 혼자서 자주 하늘로 떨어져본 하늘소는 답을 알 것 같았다.

"내 생각에는 아무도 하지 않았어." 하늘소는 포플러 나무에 매달린 채 대답했다.

"에잇." 코뿔소는 불만스럽게 외쳤다.

아직 이른 아침이었다. 태양은 나무 위로 떠올랐고 동물들은 반짝반짝 빛을 내면서 바람을 따라 천천히 돌거나 이 나무 저 나무로 떠다녔다.

그러나 오래 지나지 않아 모두 갑자기 다시 아래로 뚝 떨어졌다. 바다 혹은 땅속으로, 물을 통과하여 강바닥으로.

다람쥐와 개미도 다람쥐 집 지붕을 뚫고 식탁 양쪽으로, 정확히 두 개의 의자에 각각 내려와 앉았다. 꿀단지는 조금 천천히 떨어지며 곧 그들 사이 식탁 위 제자리에 도달했다.

개미는 곧장 자리에서 일어나 꿀단지를 살펴보고, 안심하며 고개를 끄덕이더니 말했다.

"다행히 꿀도 함께 떨어졌군."

"그거 잘됐네." 다람쥐가 말했다. 왜냐하면 아직 아무것도 먹은 게 없었고 꿀, 특히나 그 작은 파란 단지에 들어 있던 너도밤나무 꿀을 아주 좋아했기 때문이다.

19

"거북이야, 너는 네가 정말로 거북이라고 확신하니?"

어느 날 아침 귀뚜라미가 거북이에게 물었다.

거북이는 어처구니가 없는 듯 귀뚜라미를 쳐다보다가 곰곰이 생각해보았다.

잠시 후 거북이가 대답했다. "아니. 잘 모르겠는데." 그러고는 등딱지 밑에서 기운이 빠져나가는 것 같아서 귀뚜라미 쪽을 살폈다.

"나는 내가 귀뚜라미라는 것을 확실히 알아. 나는 귀뚤귀뚤 울거든, 그러니까 귀뚜라미가 확실해." 귀뚜라미는 껑충껑충 뛰며 기뻐했다.

'나는 특별히 나만 할 줄 아는 게 없는데. 난 거북이가 되기에는 충분치 않아.' 거북이가 생각했다.

대화를 듣고 있던 개구리가 말했다. "나는 개굴개굴 울어. 그래서 나는 개구리야."

"그렇구나, 개구리, 그러네. 너는 개굴개굴 하니, 개구리구나." 귀뚜라미가 말했다.

둘은 서로의 어깨를 툭툭 건드리며 거북이를 꽤 불쌍하다는 듯 쳐다보았다.

'나는 그럼 거북이가 아닌 걸까? 그럼 나는 뭐란 말이지? 생각해보면, 나는 발을 질질 끄는데 그래서 거북이인가……' 거북이는 이리저리 발을 질질 끌어보았다. '아니지. 이건 특별할 게 없어. 발을 질질 끄는 건 너무 흔하잖아.' 거북이는 계속 생각했다.

거북이는 외롭고 불안해졌다. 그러는 사이 귀뚜라미와 개구리는 신이 나서 서로의 어깨를 치고 흥얼거리며 걸어갔다. "우리는 우리가 누구인지 확실히 알고 있지!"

바로 그때 갑자기 거북이 옆 참나무 꼭대기에서 시끌시끌한 소리가 났다. 일출에 맞춰 나무 위로 올라갔던 코끼리였다. 이제 막 떨어지려던 참이었다.

"나 이제 떨어질 거야……" 코끼리는 아직 이렇게 외칠 수 있었다. 그러고는 묵직한 부딪힘과 함께 거북이 바로 옆 바닥으로 떨어졌다.

'코끼리군. 확실해.' 거북이는 우울하게 생각했다.

잠시 후 코끼리가 눈을 떴다. 그러곤 작은 소리로 말했다. "안녕 거북이야."

"내가 거북이인 걸 알아보겠니? 정말 확실히 알겠어?" 거북이가 놀라며 물었다.

"그럼, 네가 거북이가 아니면 뭐겠어?" 코끼리가 신음하면서 대답했다.

"그거야 나도 모르지." 거북이가 말했다.

"그러니까." 코끼리는 고통스러운 얼굴로 뒤통수에 생긴 엄청난 혹을 더듬으며 말했다.

거북이는 귀뚜라미와 개구리를 쫓아가고 싶었다. '그러면 내가 거북이라는 것을 절대로 믿어주지 않을 거야.' 거북이는 생각했다. 그래서 그냥 참나무 아래 풀숲에 잠자코 있다가 혼잣말로 속삭였다. "안녕, 거북이야. 안녕."

20

어느 날 저녁 개미와 다람쥐는 다람쥐 집 앞 나뭇가지에 나란히 앉아 있었다.

달이 뜨자 둘은 달콤한 너도밤나무 열매와 꿀을 먹었다.

한참을 그렇게 아무 말도 하지 않았다.

그때 개미가 물었다. “다람쥐야, 너 이따금씩 내가 지겨워질 때가 있니?”

“내가? 아니!” 다람쥐가 대답했다.

개미는 잠시 말을 멈췄다가 다시 물었다. “하지만 앞으로 그럴 수도 있긴 하겠지?”

“아니. 그럴 일은 없어. 내가 어떻게 너를 지겨워할 수 있어?” 다람쥐가 대답했다.

"글쎄, 그럴 수도 있지. 모든 건 지겨워질 수 있으니까. 너도밤나무 열매도 지겨울 때가 있잖아." 개미가 말했다.

"너도밤나무 열매……" 다람쥐는 곰곰이 생각해보았지만 너도밤나무 열매가 지겨웠던 적은 기억나지 않았다. 그렇지만 그럴 수도 있을 거라고 생각했다.

"그래도 너를 지겨워할 리는 없어." 다람쥐가 말했다.

"오." 개미가 말했다.

한참 침묵이 흘렀다. 옅은 안개가 관목 사이로 조심스레 나타났다 숲속 나무들 사이로 천천히 흩어졌다.

"나는 나 자신이 지겨워질 때가 있어. 넌 그럴 때 없니?" 그때 개미가 물었다.

"도대체 왜 지겨워진다는 거니?" 다람쥐도 물었다.

"그건 모르지. 그냥 말 그대로 지겨워지는 거야. 전반적으로 말이야." 개미가 대답했다.

다람쥐는 들어본 적도 없는 말이었다. 귀 뒤를 긁적이며 자신에 대해 생각해보았다. 그렇게 한참 스스로에 대해 깊이 생각해보니 놀랍게도 점점 자신이 지겨워졌다. 이상한 기분이 들었다.

"그래, 이제 나도 나 자신이 지겨워졌어." 다람쥐가 말했다.

개미는 고개를 끄덕였다.

더운 밤이었다. 멀리서는 부엉이가 뭔가 아래를 향해 외치고 있었고, 하늘 높이에서는 달이 크고 동그랗게 떠 있었다.

개미와 다람쥐는 아무 말 없이 휴식을 취했다. 이따금씩 한숨을 내뱉기도 하고 눈썹을 찌푸리기도 하고 달달한 너도밤나무 열매를 한 줌 먹기도 하고 꿀을 작게 한 입 떠먹기도 했다.

아주 늦은 시각이 되어 달이 거의 졌을 때야 둘은 비로소 편안히 잠들었다.

21

다람쥐와 코끼리가 강기슭 풀밭에 앉아 있었다.

너무 더운 나머지 코끼리의 몸이 녹아내리고 있었다. 잿빛 흐름이 풀밭으로 새어 나왔다.

다람쥐는 생각했다. '어유, 저러다 강물로 흘러가면 안 될 텐데. 그럼 나도 방법이 없잖아.'

그래서 재빨리 코끼리가 녹아내리는 쪽으로 작은 둑을 만들었다. 코끼리는 작렬하는 태양 아래 부드럽게 찰랑이며 누워 있었다.

"대체 어째서 이렇게나 더운 거야?" 다람쥐가 큰 소리로 물었다.

코끼리는 무언가 대답하고 싶은 듯했지만, 중얼거리는 소리라 제대로 알아들을 수가 없었다. 게다가 너무 더워서 잘 들리지도 않았다. 다람쥐는 생각했다. '코끼리도 어째서 이렇게 더운지 자문하는

걸 거야.'

다람쥐는 버드나무 아래 그늘로 자리를 옮겼다. 이따금씩 코끼리를 쳐다보았다. 태양이 그의 흘러내리는 몸통으로 내리쬐었고, 잠자리는 그 주위를 미끄러지듯 지나갔다.

"잠자리야, 너 지금 어디를 스쳐 지났는지 알고는 있니?" 다람쥐가 물었다.

"그럼. 코끼리 아니야?" 잠자리가 대답했다. 그러고는 잿빛 물을 바라보았다.

저녁이 다 돼서야 날이 조금 선선해졌다. 다람쥐는 그 물이 어떻게 다시 코와 몸통과 한 쌍의 귀로 변하는지 지켜보았다.

"이야, 정말 더웠어." 잠시 후 코끼리가 말했다.

마지막 한 방울은 꼬리로 변했다. 다람쥐는 가볍게 코끼리의 어깨를 토닥여주었다.

"다람쥐야, 내가 중얼대는 소리를 들었어?" 코끼리가 물었다.

"응." 다람쥐가 대답했다.

"사실 그건 내 울음 소리였어. 나팔 불듯 노래를 하던 중이었지. 좀 비슷하지 않았니?"

"응, 조금 비슷한 것 같기도 해." 다람쥐가 대답했다.

"몸이 녹아내리는 와중에 노래하는 건 얼마나 힘들던지." 코끼리가 말했다.

다람쥐는 그 말을 믿고 싶었다.

해가 저물었다. 멀리서는 꾀꼬리의 노랫소리가 들려왔다. 둘은 천천히 집으로 돌아갔다.

22

집 앞 나뭇가지에 앉아 있던 다람쥐는 오늘따라 기운이 없었다. 날씨가 안 좋거나 하루 종일 우연히 찾아오는 이도 없을 때 자주 드는 그런 이상한 기분이었다. 개미는 그런 기분이 '울적함'이라고 말해주었다.

우중충한 날이었다. 다람쥐는 안으로 들어가는 것조차 망설여졌다. 문 옆에 떨어진 자작나무 껍질을 집어 들고 생각 없이 편지를 쓰기 시작했다. "친애하는"까지 쓰자 막혀버렸다. 친애하는 누구? 아무도 떠오르지 않았다. 한숨을 쉬고는 그냥 계속 써 내려갔다.

친애하는,

나도 언젠가는 하고 싶은데……

다시 멈추었다. 의기소침해지면 항상 그래. 내가 뭘 하고 싶은지 모르겠단 말이지.

산들바람이 불자 편지가 휙 날아가 길가 나무들 사이에서 나부꼈다.

다람쥐는 또다시 한숨을 내뱉었다. 하늘은 어둑어둑했다. 굵은 빗방울이 코로 떨어졌다. '그럴 줄 알았어.' 다람쥐는 이렇게 생각하며 어깨를 축 늘어뜨렸다.

확실히 비가 내리는 것도 아니었고 그저 어둑어둑하고 으스스했다. 다람쥐는 점점 더 울적해졌다. '이렇게까지 울적했던 적은 없었던 것 같아.' 다람쥐는 생각했다. 만족스러운 느낌도 들었지만 그마저 오래가지 않았다.

오후가 다 지날 무렵 편지 한 장이 날아와 나뭇가지 뒤에 걸렸다. '나한테 온 편지는 아닐 거야.' 다람쥐는 울적하게 생각했다. 그래도 그 편지를 잡아 열어보았다.

> 친애하는,
>
> 나도 언젠가는 하고 싶은데……

다람쥐는 편지를 읽었다.

한 번도 본 적이 없는 작고 지저분한 글씨체였다.

편지를 높이 들어 비춰 보기도 하고 글자 하나하나를 만져보기도 했지만 누구인지 알 수가 없었다. 고래나 코끼리의 편지도 아니었다. 두꺼비나 제비 또는 지렁이도 아니었다.

다람쥐는 낯선 이의 편지가 분명하다고 생각했다. 무슨 말을 하려 했던 걸까? 누구에게 친애한다고 한 거지?

점점 더 알 수 없어졌다. 다람쥐는 머리를 저었다. '뭔가 아주 특별한 걸 생각해내고 싶어.' 다람쥐는 주변을 둘러보았다. 문득 자신과 마찬가지로 뭔가 아주 특별한 것을 생각해내고 싶어 하는 낯선 누군가가 있는 듯한 느낌이 들었다.

다시 빗방울이 콧잔등에 떨어졌다. 그리고 또 한 방울. 이제는 정말로 비가 내리기 시작했다. 다람쥐는 자리에서 일어났다. '이게 바로 헛된 날인가?' 조만간 개미에게 가서 헛된 날이 정확히 어떤 건지, 그렇지 않은 개미의 날들은 또 어떤 건지 물어보기로 결심했다.

다람쥐는 안으로 들어가면서 현관 입구에 서서는 뒤돌아서 외쳤다, 아주 힘껏 "어어이!"라고.

'누가 알아.'

잠시 정적이 흘렀다. 그때 아주 멀리, 바다 건너에 있을 법한 먼 곳에서 "여기도 어어이!"라고 외치는 작고 떨리는 목소리가 들려왔다.

다람쥐는 갑자기 한결 덜 우울한 것 같아 머리를 끄덕였다. 집으로 들어가 곧장 찬장으로 향했다. '배가 고프네.' 유쾌한 기분이었다. 제일 꼭대기 선반에 너도밤나무 열매가 채워진 커다란 항아리가 있었기 때문이다.

23

이른 아침 다람쥐가 아직 침대에서 일어나지도 않았는데 누군가 문을 두드리는 소리가 들려왔다.

"누구세요?" 다람쥐가 물었다.

"나야." 목소리가 들려왔다. "코끼리야."

"우리 집에 온 거니?" 다람쥐가 물었다.

잠시 조용했다. 그때 코끼리가 물었다. "너 나하고 춤출래?"

"춤을 추자고? 지금?" 다람쥐가 물었다.

"왜 이상하니?" 코끼리가 다시 물었다.

"글쎄…… 이상이라…… 아직 너무 이른 시간이잖아."

"그래서 춤추기 싫다고?"

다람쥐는 잠시 생각한 후 물었다. "어디서 춤추고 싶은데?"

"예를 들자면 여기서, 너네 집 문 앞에서." 코끼리가 대답했다.

"그치만 거긴 공간이 전혀 없잖니!"

"그러면 서로 꼭 붙어서 춤추면 되지."

"그러면 분명히 나무 밑으로 떨어질 텐데."

"아하, 그러니까 넌 춤추기 싫은 거구나."

다람쥐는 어쩔 수 없이 침대에서 일어났다. 잠시 후 한 팔은 코끼리의 어깨에 얹고 다른 한 팔은 그의 허리춤에 둘렀다. 코끼리는 셋을 세겠다고 했다. 목소리를 가다듬고 셋을 세었다. 그러고는 첫 번째 스텝을 밟았는데 발부리가 걸려 그만 아래로 떨어져버렸다.

둘은 멋쩍은 듯 너도밤나무 아래 축축한 풀 위에 나란히 누워 있었다.

"다람쥐야, 안 좋은 제안이었다고 생각하니?" 코끼리가 물었다.

"아니야." 다람쥐는 머리에 난 혹을 문지르면서 한 번의 댄스 스텝을 떠올려보았다. 그리고 생각했다. '정말 아주 아름다운 댄스 스텝이었어.'

24

"우리도 언젠가는 끝날 거라고 생각하니, 다람쥐야?" 한 번은 개미가 이렇게 물었다.

다람쥐는 놀라서 그를 쳐다보았다.

"그러니까 파티가 끝나거나 여행이 끝나는 것처럼 말이야." 개미가 덧붙였다.

다람쥐는 상상할 수가 없었다.

그러나 개미는 창밖으로 나무들 사이 먼 곳까지 바라보며 말했다. "난 잘 모르겠어, 정말 모르겠어……" 이마에 주름이 패었다.

"도대체 우리가 어떻게 끝나야 한다는 거니?" 다람쥐가 물었다. 그러나 개미도 알지 못했다.

"파티가 끝나면 모두 집으로 돌아가지. 그리고 여행이 끝나면 손을 비비면서 찬장에 꿀단지가 아직 그대로인지 살펴볼 거야. 그런데 우리가 끝난다면……" 다람쥐가 말을 이었다.

개미는 아무 말이 없이, 더듬이로 이상한 소리를 냈다.

"그건 무슨 소리니?" 다람쥐가 물었다.

"더듬이 꺾는 소리." 개미가 말했다.

둘은 한참 동안 아무 말이 없었다.

개미는 일어나서 뒷짐을 지고 이리저리 방 안을 왔다 갔다 했다.

"아직도 그 생각 중이야?" 다람쥐가 물었다.

"응." 개미가 대답했다.

"뭔가 답을 찾았어?"

"아니."

개미는 마침내 다시 자리에 앉았다.

"잘 모르겠어. 너도 알겠지만, 난 모르는 게 없는데 말이야……" 개미가 말했다.

다람쥐가 끄덕였다.

"내가 모르는 건 이름조차 없는 걸 거야. 그런데 우리가 끝난다는 건……" 계속해서 개미가 말했다. 그리고 머리를 저었다.

다람쥐는 차를 한 잔 따라주었다. 개미는 갸우뚱하며 한 모금을 들이켰다.

25

어느 날 아침 장수말벌이 다람쥐를 찾아왔다. 아직 이른 아침이었다.

"내가 방해한 건 아니지?" 장수말벌이 물었다.

"아니야, 아니야." 아직 침대에 누워 있던 다람쥐가 말했다. 방해한다는 건 뭔가 대단히 슬픈 것이겠지만, 정확히는 알지 못했다. 누군가가 자신을 방해한 적이 단 한 번도 없었기 때문이다.

서둘러 자리에서 일어나 꼬리를 빗질하고 눈을 비볐다.

"나 들어갈게." 장수말벌이 말했다.

"그래 좋아." 다람쥐가 대답했다.

장수말벌은 식탁에 가 앉았고 다람쥐는 얼른 찬장에서 너도밤나무 꿀단지를 꺼내왔다.

"자." 다람쥐는 장수말벌 앞에 접시를 놔주었다.

둘은 중요하지 않은 이야기들을 나누었다. 다람쥐는 그런 소소한 이야기들을 제일 나누고 싶었다. 어떤 소소한 이야기는 갑자기 아주 중요해질 때도 있었고, 또 금방 더 이상 중요하지 않아질 때도 있었다.

시간이 지나자 장수말벌이 의미심장한 목소리로 말했다. "다람쥐야, 너 말이야, 태양이 지금 어디에 있는지 궁금하지 않니?"

"아니." 다람쥐가 말했다.

"아니야, 궁금할 거야. 당연히 그럴 거야." 장수말벌이 대꾸했다.

다람쥐는 잠시 생각해보았다. 그제서야 태양이 정말 어디에 있는지 궁금해졌다. '당연히 밖에 있겠지.' 그러고는 창가로 가서 밖을 내다보았다.

숲은 어두웠다. 다람쥐는 뭔가 이상했다. 창문을 열어보니 모든 종류의 목소리가 도와달라 외치는 소리가 들려왔다. 그러는 동안 찬바람이 얼굴에 불어왔다.

"그것 봐, 이제 너도 궁금하지." 장수말벌이 말했다.

"그러게, 태양은 대체 어디로 가버린 거지?" 다람쥐가 물었다.

잠시 방 안에 정적이 흘렀다. 그때 장수말벌은 날개 아래에서 작은 상자를 꺼냈다. 그런 다음 식탁 위에 올려놓고 열어보았다. 태양

빛이 갈라져 나왔다. 작은 상자에 꽉 채워져 뭉쳐 있다가 상자가 열리자마자 천장으로 쏜살같이 움직였다.

그러고는 거기 다람쥐의 방 한쪽 구석에 걸려서 아래로 빛을 비추었다. "태양은 오랫동안 나만 가지고 싶어." 장수말벌은 벌침을 식탁 위에 꺼내놓았다.

"자 여기. 내 벌침이야. 이건 네가 가져도 돼. 그래도 태양은 나 혼자만 가질 거야. 앞으로도 죽."

다람쥐는 눈을 손으로 가리면서 비스듬히 위를 쳐다보았다. 태양은 마치 거기가 하늘인 양 들보 사이에서 빛을 비추며 떠 있었다.

"생각지도 못했지?" 장수말벌이 말했다.

"응." 다람쥐가 대답했다.

방 안이 금세 더워졌다. 다람쥐의 이마에서는 땀이 흘렀고 너도밤나무 꿀은 서서히 지글지글 끓기 시작했다.

"후유." 다람쥐가 한숨을 쉬었다.

"내 태양을 다시 집어넣을까?" 장수말벌이 물었다.

"그래. 그러는 게 좋겠어." 다람쥐가 끙끙대며 대답했다.

장수말벌은 태양에게로 날아갔다. 그러나 태양을 잡으려던 그때, 태양이 들보 뒤 창문 쪽으로 떠밀려 그만 밖으로 미끄러져 나가버렸다. 그러고는 순식간에 공중으로 날아올랐다.

“하아! 안 돼!” 장수말벌이 외쳤다.

그러나 태양은 이미 하늘 위 멀리 올라가 있었고 점점 더 높이 올라갔다.

장수말벌이 천천히 식탁으로 되돌아 날아왔다.

“다람쥐야, 너는 내가 태양을 이 작은 상자에 담느라 얼마나 힘들었는지 모를 거야!” 장수말벌은 우울하게 윙윙거리다가 자기 접시에 있던 마지막 꿀 위로 몸을 구부렸다.

“응, 몰라.” 다람쥐가 대답했다. 그래도 자기 이마에 땀이 난 것은 알 수 있었다.

바람은 잠잠해졌고 곳곳에 다시 빛이 들었다. 꾀꼬리가 노래하기 시작했고 멀리서 비둘기가 구구 울어댔다.

“아름다운 날이 되었어.” 다람쥐가 말했다.

갑자기 장수말벌이 날개 아래에서 뭔가를 꺼내어 다람쥐 앞에 들어 보였다.

“그게 뭐야?” 아무것도 보이지 않았지만 다람쥐가 물었다.

“눈에 보이지 않는 상자야. 이 안에 든 건 절대로 보여주지 않을 거야.” 장수말벌이 대답했다.

“뭐 달 같은 거니?”

“훨씬 더 큰 거야.” 장수말벌은 고개를 저으며 대답했다. 그러고는 밖으로 나가 다람쥐에게 인사를 하고는 날아가버렸다.

"네 벌침 두고 갔어!" 다람쥐가 외쳤다. 그러나 장수말벌은 듣지 못했다.

다람쥐는 벌침을 들어 자세히 살펴보았다. 그러고는 서랍장 맨 아래 칸 완전히 뒤쪽 깊숙한 곳에 집어넣었다. '이렇게 하면 내가 찾고 싶어도 절대 못 찾을 거야.' 다람쥐를 이렇게 생각했다. 벌침은 아무 데도 쓸데가 없다고 개미가 언젠가 말한 적이 있기 때문이다.

26

어느 날 아침 코끼리가 버드나무에서 떨어졌다.

다람쥐가 우연히 길을 지나다 땅에 앉아 있는 코끼리를, 보았다. 뒤통수에 생긴 혹을 문지르고 있었다.

"도대체 버드나무에서 어떻게 떨어지는 거니?" 다람쥐가 물었다.

"세게. 그렇지만 참나무에서 더 세게 떨어져." 코끼리가 대답했다.

"그러면 포플러 나무에서는?"

"포플러 나무에서는…… 음…… 솔직히 말해서 잘 모르겠네." 코끼리가 천천히 말했다. 그러고는 벌떡 일어났다.

"내 말은 그게 아니……" 다람쥐는 계속 말했다.

그러나 코끼리는 이미 포플러 나무를 오르고 있었다. 그리고 잠시 후 그 꼭대기에서 떨어졌다. 오랫동안 둥둥 울려 퍼지는 묵직한 쿵 소리였다.

다람쥐는 조심스레 코끼리에게 몸을 구부렸다. 이마에 무지막지한 혹이 돋아 있었다. 코끼리는 곧 이렇게 속삭였다. "다람쥐야, 끝내줘…… 거기 포플러 나무에서 떨어지는 거 말이야, 정말 끝내준다고……"

다람쥐는 코끼리를 일으켜주었다.

코끼리는 다람쥐의 어깨에 기대어 천천히 길을 걸었다.

코끼리는 포플러 나무에서 떨어지는 것이 뭐가 그렇게 특별했는지 설명해주었다.

"아주 다른 기분이었어, 다람쥐야. 어떻게 설명해야 할지 모르겠는데…… 한 번도 느껴본 적이 없는……"

다람쥐는 고개를 끄덕였다.

그때 코끼리는 보리수나무를 발견했고 이렇게 물었다. "저게 설마 보리수나무니?"

"응, 보리수나무야." 다람쥐가 대답했다.

"궁금하네……" 코끼리가 말했다.

그러나 다람쥐는 코끼리가 그날 이미 충분히 떨어졌다고 생각했다. 계속하다가는 다음 날 아침에는 남아나는 나무가 하나도 없을 것 같았다.

다람쥐는 코끼리에게 먹어 치워야 할 달콤한 버드나무 껍질이 있다고 말했다. "지금 안 먹으면 상해버릴 거야."

"아." 코끼리가 말했다. 그리고 눈썹을 찌푸렸다.

잠시 후 둘은 너도밤나무 밑에 앉아, 여름날 아침에 상하기 직전인 달콤한 버드나무 껍질을 먹었다.

27

숲 한가운데 웅덩이가 있었다. 어느 날 아침 코끼리, 다람쥐, 거북이가 웅덩이 가장자리에 모여 앉았다.

코끼리는 나무껍질에 큰 글씨로 **위쪽으로**라고 썼다. 거북이는 등딱지 가장자리로 땅을 딛고 일어서보려고 했다. 다람쥐는 노란색 모자를 머리에 썼는데, 너무 작아서 매번 튕겨져 나갔다.

"우리 하늘에 한번 올라가보자. 그리고 어디론가 사라져버리는 거야……" 코끼리가 말했다.

코끼리는 이미 마지막 글자인 **로**까지 다다른 다음, **위쪽으로** 옆에 화살표를 하나 넣어서 표지판이 어디를 향하는지 알 수 있도록 할까 생각 중이었다.

거북이는 간신히 등딱지 가장자리로 서서는 속삭였다. "쉿. 지금은 아무 생각도 말자……"

그런데 다람쥐는 모자를 벗어놓고 오들오들 떨면서 말했다. "우리 지금이 여름이라고 생각하자."

"그거 좋은 생각이야." 모두 대답했다. 모두들 여름을 좋아했고, 언제나 여름이기를 바랐다.

"난 지금 막 폭염이 왔다고 생각하는 중이야." 코끼리가 말했다.

거북이는 그사이 이마에 땀이 난 것을 깨닫고, 등딱지를 똑바로 펴고 엎드렸다.

"나는 이 웅덩이가 수영장이라고 생각해볼래." 다람쥐가 웅덩이를 가리켰다.

"조심해!" 코끼리가 외쳤다. 상상 속 수영하는 동물들을 향해 몸을 획 돌리더니 코로 날카롭게 휘파람을 불었다. 거북이는 웅덩이 건너편 그늘진 곳에, 더듬이를 조심스레 물에 찔러 넣고 있는 달팽이가 보인다고 상상했다.

자신들이 안전요원이고, 모두들 웅덩이에서 수영을 하고 있다고 그들은 상상했다. 딱정벌레, 고슴도치, 코뿔소, 사자, 심지어 땅에서 기어 나온 두더지 등등. 그들은 두더지가 "나 완전 푹 익은 것 같아!" 하고 소리치고는 첨벙첨벙 이상하게 물속으로 뛰어드는 상상을 했다.

"다들 다이빙을 하고 싶을 거야." 거북이가 말했다.

그들은 작은 나뭇조각을 가져다 웅덩이 가장자리에 놓고 다이빙대를 만들었다.

"진짜 파도를 원할지도 몰라." 코끼리가 말했다.

그들은 덤불에서부터 물을 밀어 파도를 일으켰고, 웅덩이 바닥에서도 파도가 일게 했다.

"그리고 다들 물이 반짝이길 원할 거야." 다람쥐가 말했다. 그러고는 땅속에 비밀스럽게 묻혀 있던 조그마한 상자에서 빛을 꺼내 파도 위에 흩뿌려주었다.

"만족스러운가 봐." 코끼리가 말했다.

"그럼." 다른 둘이 대답했다.

그들은 누구도 익사하지 않도록 주의 깊게 살폈다.

추운 날이었고, 시간이 지나자 해도 어두운 구름 저편으로 숨어버렸다.

"이젠 져버렸다." 거북이가 말했다.

그들은 이맛살을 찌푸리며 고개를 끄덕이고선 파도를 안전하게 멈추고 빛과 다이빙대를 다시 거두었다.

그들은 이제 겨울이라고 생각했다. 그러자 바로 눈이 내렸다. 모두 오들오들 떨자, 코끼리가 외쳤다. "왜 항상 원하는 것만 생각할

수는 없는 걸까?"

아무도 말이 없었다.

시간이 좀 지나자 거북이가 목을 가다듬으며 말했다. "우리, 생일이라고 상상해볼까?"

잠시 후 그들은 생일을 맞았다고 생각하며 서로를 축하해주었다. 그리고 눈앞에 아주 거대한 케이크가 있고 설탕 눈이 내리고 게걸스럽게 먹어대는 상상을 이어갔다.

"이제 우리 다 행복하다고 생각하지?" 거북이가 조심스레 물었다.

"그럼, 행복하다고 생각해." 코끼리와 다람쥐가 대답했다.

28

어느 날 아침 개미가 여행을 나섰다.

다람쥐는 개미를 바라보다가 마음이 불안해져서 힘껏 외쳤다.

"개미야! 돌아와!"

개미는 이미 멀어졌고 작은 점 정도로밖에 보이지 않았다. 개미는 다람쥐가 외치는 소리를 들었다.

개미는 다시 돌아와 고개를 저으며 말했다.

"그렇게 외치면 안 돼."

"왜 안 돼?" 개미가 다시 돌아와 마냥 기쁜 다람쥐가 물었다. 그러고는 꿀과 너도밤나무 열매를 내놓았다. "네가 저 멀리 보이면, 그렇게 부르지 않을 수가 없어. 네가 영원히 떠날지도 모르잖아!"

"어쩌면 그럴지도 모르지. 그래도 그렇게 부르면 안 돼. 그러면 내가 마음 편히 떠날 수가 없잖아." 개미가 대꾸했다.

"그렇지만 네가 정말 떠나지 않으면 좋겠어."

"그래도 가야 해."

다람쥐는 깊은 한숨을 내쉬었다.

개미는 꿀을 먹어 치웠고 다시 길을 나섰다. 개미가 저 멀리 사라져버릴 즈음 또다시 다람쥐는 돌아와야 한다고 외치고 싶었다. 그러나 혀를 깨물며 심장이 쿵쾅거려도 외치지 않았다. 점으로 보였던 개미가 한참을 더 작아지지 않았고, 심지어 이쪽을 바라보는 것 같았다. 그러나 잘 보이지는 않았다.

다람쥐는 억지로 입을 다물고 있었다.

잠시 후 놀랍게도 그 점이 점점 커지면서 개미가 돌아왔다.

"다람쥐야, 다람쥐야……" 이렇게 말하며 개미는 머리를 흔들었다.

"돌아와야 한다고 소리치지 않았는데. 절대 그렇게 외치지 않았어." 다람쥐가 말했다.

"그렇지만 생각은 했잖아." 개미가 말했다.

다람쥐는 개미를 놀란 눈으로 쳐다보았다.

"응. 생각은 했지." 다람쥐는 머뭇거리며 대답했다.

"그럴 줄 알았어! 생각도 하면 안 돼." 개미가 외쳤다.

다람쥐는 아무 말 없이, 찬장에 남아 있던 꿀과 너도밤나무 열매를 모조리 개미 앞에 꺼내놓았다.

개미는 더 이상 들어가지 않을 때까지 먹었다.

"말도 하면 안 되고, 생각도 하면 안 되고, 바라지도 않아야 해." 개미는 마지막으로 힘겹게 일어서며 말했다.

다람쥐는 불안하게 개미를 쳐다보았다. 어떻게 하면 바라지도 않을 수 있는지 알 수가 없었다. 절실히 원하는 것을 바라지도 않아본 적이 없었다. 그러나 개미가 화내는 것도 바라지 않았다. 머리가 욱신거리는 것 같았다.

개미는 인사를 하고 다시 길을 나섰다.

다람쥐는 그런 개미를 바라보며 온 힘을 다해 아무 생각도 하지 않았다.

개미는 너도밤나무에서 멀지 않은 곳에 넘어지는 바람에 등을 대고 누웠다.

"그냥 잠시 쉬어야겠어." 이렇게 외치고는 이내 잠이 들었다.

쾌청한 날이었고 다람쥐는 문 앞에 앉아 개미를 바라보았다. 아무런 말도, 아무런 생각도, 아무런 바람도 없이 그냥 그렇게.

늦은 오후가 되자 개미가 잠에서 깨었다. 그런 다음 기지개를 펴며 계획을 떠올렸다.

"오늘 여행은 힘들겠어." 개미가 외쳤다.

“그거 잘됐네.” 다람쥐가 외쳤다.

개미는 천천히 너도밤나무를 올라갔다.

잠시 후 둘은 다람쥐 집 안에 앉아 숲에 밤안개가 드리우는 것을 바라보았다. 멀리서 지빠귀 우는 소리가 들려왔다.

“대단한 날이었어.” 개미가 말했다. 다람쥐가 끄덕이며 귀 뒤를 긁적였다.

29

어느 날 저녁 다람쥐와 개미가 너도밤나무 제일 높은 가지에 나란히 앉아 있었다. 무덥고 조용한 날이었다. 둘은 나무들 꼭대기와 별을 바라보았다. 꿀을 먹으면서 태양과 강기슭과 편지와 상상에 대해 이야기를 나누었다.

"오늘 저녁을 보관해둬야겠어. 괜찮겠니?" 개미가 말했다.

다람쥐가 놀라 쳐다보았다.

개미는 작고 검은 상자 하나를 끄집어냈다.

"여기 꾀꼬리의 생일도 모두 들어 있단다." 개미가 말했다.

"꾀꼬리의 생일이라고?" 다람쥐가 물었다.

"응." 개미는 상자에서 그 생일을 꺼냈다. 그리고 말오줌나무 열매 크림으로 만든 달콤한 밤 케이크를 먹으며, 나이팅게일이 노래하고 반딧불이 불을 켰다 껐다 하는 동안 춤을 추었다. 또 꾀꼬리의 부리에 기쁨의 미소가 맺히는 것도 보았다. 최고의 생일로 기억에 남아 있는 날이었다.

개미는 그것을 도로 상자에 집어넣었다.

"여기에 오늘 저녁도 같이 넣어두려 해. 이미 다른 날들도 아주 많이 들어 있지." 개미는 상자를 닫고 다람쥐에게 인사를 하며 집으로 돌아갔다.

다람쥐는 한참 동안 집 앞 나뭇가지에 앉아 그 작은 상자에 대해 생각했다. 오늘 저녁이 어떻게 거기 들어 있지? 구겨지거나 흐릿해지지는 않을까? 꿀맛도 거기에 들어 있을까? 꺼내보고 싶을 때 언제나 다시 꺼내볼 수 있는 걸까? 떨어지거나 깨지거나 굴러가버리지는 않을까? 그 상자엔 뭐가 더 들어 있을까? 개미가 홀로 경험했던 모험들? 물결이 반짝이는 강기슭 수풀에서의 아침들? 먼 곳에 사는 동물들의 편지? 더 이상 집어넣을 수 없을 정도로 상자가 가득 찰 수는 있을까? 우울한 날들만 모아둔 다른 상자도 존재할까?

생각만 해도 머리가 어지러웠다. 다람쥐는 집으로 돌아가 침대로 들어갔다.

그때 개미는 이미 덤불 아래 자기 집에서 잠을 자는 중이었다. 상자는 머리 위 선반에 올려둔 채. 그런데 제대로 꼭 닫아두지 않아

한밤중에 상자가 열려버렸다. 오래된 생일이 재빠르게 밖으로 튀어나와 방을 돌아다녔다. 개미는 달빛이 비추는 버드나무 아래서 코끼리와 춤을 추게 되었다.

"나 자고 있던 중인데!" 개미가 외쳤다.

"오, 상관없어." 코끼리가 대답했다. 그러고는 개미를 빙글빙글 돌렸다. 귀와 코를 흔들며 "우리 춤 정말 멋있는 것 같아, 그치?"라고 묻기도 하고, 개미의 발을 밟고는 "오, 미안해."라고도 했다. 그러고는 개미에게 자기 발을 밟아도 괜찮다고 말했다.

개똥벌레 유충이 장미 덤불을 기어오르고 있었다. 다람쥐는 버드나무 맨 아래 가지에 앉아 개미에게 손짓을 했다.

갑자기 생일이 상자 안으로 다시 미끄러져 들어갔고 잠시 후 개미는 잠에서 깨어났다.

눈을 비비며 주위를 둘러보았다. 달빛이 비춰 들어와 선반 위 상자로 떨어지고 있었다. 개미는 자리에서 일어나 뚜껑을 단단히 닫아두었다. 그러나 잠시 상자에 귀를 대보니 음악소리와 파도가 부딪히고 찰랑거리는 소리가 들려왔다. 심지어 꿀맛도 들리는 것 같았지만, 그게 가능한지는 확실히 알 수 없었다.

개미는 이마를 찌푸리고서 다시 잠자리에 들었다.

30

딱정벌레는 피곤했다. 돌 밑에 멍하니 몸을 쪼그리고 앉아 있었다. 어쩜 이렇게 고단하지.

돌 밑에 앉아 우울한 눈으로 무겁고 뒤집혀 보이는 하늘을 올려다보았다.

그러다 그만 넘어져 옆으로 눕게 되었다. 똑바로 몸을 돌려보려 했지만, 그마저도 그리 애쓰지는 않았다. 에휴, 관두자.

딱정벌레는 우울해졌다.

밤새 옆으로 누워 자신의 고단함에 대해 생각했다. 너무 피곤해서 잠도 잘 수 없었다.

어느새 비가 내리기 시작했고 돌이 미끄러져 딱정벌레를 덮쳤다. 아, 이것까지……

다음 날은 날씨가 더 나빴다. 폭풍이 몰아치고 비가 억수같이 쏟아졌다. 딱정벌레는 비에 씻겨 떠내려갔다. 더 이상 나빠질 게 없었다. 왜 또……

그러다 바위에 부딪혀 거꾸로 진창에 떨어졌다. 그럼 그렇지.

그때 "딱정벌레야! 딱정벌레!" 하고 외치는 소리가 들려왔다.

누가 나를 찾는다니.

목소리는 사라져버렸고 딱정벌레는 누가 자신을 불렀는지, 왜 불렀는지 궁금해졌다. 분명히 장난일 거야.

주변이 온통 캄캄하고 조용했으며, 그렇게 그대로였다. 그런데 문득 "딱정벌레야! 딱정벌레!" 하고 외치던 목소리가 머릿속에 떠올랐다.

누군가 나를 불렀는데. 딱정벌레는 바위 아래 진창에 점점 더 깊이 빠져들면서 생각했다.

31

'나는 불행해.' 어느 날 아침 무심코 거북이는 생각했다. 순간 놀라서 머리를 등딱지 밑으로 쏙 집어넣었다. '아니 왜 그런 생각까지 하는 거야? 내가 불행하다고? 나는 전혀 불행하지 않아. 난 틀림없이 아주 행복해.'

그러나 그런 생각을 해도 뭔가 양심에 찔리는 느낌이었다. 그것도 의문이라는 생각이 들었다.

'그냥 내가 행복한지 궁금한 것뿐이야.'

거북이는 머리를 다시 밖으로 쏙 내밀고 다른 생각을 하고 싶었다. 그러나 어쩔 수가 없었다. 한순간은 자신이 아주 행복하다고 생각했고 또 다른 순간에는 자신이 깊고 깊게 불행하다고 생각했다.

그런 생각에 빠져 몇 시간 동안이나 자신에 대해 머리를 절레절레 흔들거나 맞는다는 표정으로 고개를 끄덕였다.

아침이 다 지날 즈음 딱정벌레가 거북이가 있는 덤불 숲 아래를 지나가게 되었다.

"안녕, 딱정벌레야." 거북이가 인사했다.

"안녕, 거북이야." 딱정벌레가 대답하며 잠시 멈추어 섰다.

"음…… 딱정벌레야. 네 생각에 내가 행복한 것 같니?" 거북이가 조심스레 물었다.

"글쎄." 딱정벌레가 대답했다. 그러고는 두어 번 거북이 주위를 빙글빙글 돌더니, 등을 대고 누워 발을 버둥거려보라고 했다.

이어서 딱정벌레는 거북이를 들어 올려 머리 위로 태양을 향해 높이 쳐들었다. 그리고 눈을 반쯤 감고 깊이 생각했다. 거북이는 숨을 들이마셨다.

딱정벌레는 거북이를 다시 내려놓고 말했다. "조금은 행복한 것 같아. 넌 아주 조금 행복해."

"오, 그럼 불행한 건 어느 정도야?" 거북이가 물었다.

"불행한 것도 조금이야. 거의 똑같아."

거북이는 더 물어보고 싶었지만 딱정벌레가 말했다. "아니 그만, 나 지금 바빠. 안녕." 그러곤 서둘러 도망가버렸다.

거북이는 덤불 앞에 앉아서 오후 내내 생각에 잠겼다. '그러니까

난 지금 행복과 불행, 둘 다 조금씩이라는 거지. 어느 정도로 조금인 걸까?'

거북이는 조금 배가 고프다거나 조금 덥다는 게 어떤 건지는 알고 있었다. '제법 덥다. 그럼 제법이 조금과 같으려나?' 조금 맛있기도 하지만 조금 씁쓸하기도 한 시든 민들레와 오래된 자작나무 잎을 생각해보았다.

거북이는 해가 지자 눈을 감고 머리를 등딱지 아래로 집어넣은 후 뒤로 기어가 잠이 들었다.

그날 밤 거북이는 구름이 되는 꿈을 꾸었다. 그것도 먹구름이 되어 비로 내리기 시작했다. 부드럽거나 친절하지 않게, 아주 엄청나게 쏟아부었다. 그러다 땅 위에서 눈을 커다랗게 뜨고 위를 쳐다보며 외치는 코끼리를 발견했다. "이렇게 심하게 비가 내린 적은 한 번도 없었어!"

거북이는 하나도 남기지 않고 비를 다 쏟아부었다. 바로 그때 잠에서 깨어났다.

해가 떠 있었고 하늘은 푸르렀다. 다행히도 거북이는 자신이 행복한지 불행한지, 얼마나 행복한지 얼마나 불행한지 더 이상 생각하지 않았다.

그는 덤불 아래로 다시 걸음을 옮겨, 생일에 귀뚜라미가 선물한

나뭇가지로 된 솔과 경첩을 꺼내 등딱지를 청소하기 시작했다.

'이제야 윤이 나는군.' 잠시 후 그렇게 확신했다. 해가 숲 위로 떠올라 빛을 내리쬐었다. 거북이는 길을 나섰다. 멀리 저녁이 되기 전까지 다다르고 싶은 미나리아재비가 보였다.

32

“메뚜기야, 넌 얼마나 높이 뛰어오를 수 있니?” 개구리가 어느 날 아침 물었다.

“글쎄…… 적어도 미나리아재비 높이만큼은 뛸 수 있어.” 메뚜기가 대답했다.

“별로 높은 건 아니구나.” 개구리가 대꾸했다.

“아이고 참…… 버드나무까지도 뛰어오를 수 있어.”

“그것도 별로 높은 것 같지 않아. 난 그 정도는 걸어서 넘어.”

메뚜기는 눈썹을 찌푸리며 말했다. “저기 구름 보이니? 거기까지 눈 감고도 뛰어넘을 수 있어.”

“칫, 저기 저 구름 말이지…… 난 어제 태양도 뛰어 넘어갔어.”

“태양을 넘어갔다고?” 메뚜기가 물었다.

"응. 그리고 내일은 우주를 뛰어넘을 거야." 개구리가 대답했다.

"우주를 넘는다고?" 메뚜기는 우주가 뭔지 들어본 적도 없었지만 뭔가 대단히 큰 것이라고 추측할 수 있었다.

"그래서 오늘은 안정을 취하는 중이야, 메뚜기야." 개구리는 이렇게 말하며 하품을 하고 강기슭 풀숲에 등을 기대었다. 그러고는 눈을 감았다.

메뚜기는 기가 죽어 자리를 떠났다. 민들레를 뛰어넘고 싶었지만 그조차 잘되지 않았다. 민들레 홀씨에 부딪혀 재채기만 하고 땅으로 곤두박질친 것이다.

잠시 후 다시 일어났지만 더듬이에 상처가 나서, 우울하게 계속 터벅터벅 걸어갔다.

오래가지 않아 메뚜기는 길에서 달팽이를 마주쳤다.

"안녕, 달팽이야. 너 혹시 우주가 뭔지 아니?"

"그럼." 달팽이가 대답했다. 그러더니 앞으로 머리를 쭉 빼고 더듬이를 꼿꼿이 곧추세웠다. 그리고 눈을 반쯤 감고서 말했다. "우주라, 그건 바로 나야." 달팽이는 거기서 앞으로 조금 미끄러져 나갔다.

"너라고?" 메뚜기가 놀라 물었다.

"응. 내 집과 나, 이렇게 둘이 함께가 우주야." 달팽이가 대답했다.

'이것 참, 생각하던 것과 다르네.' 메뚜기는 도움닫기를 하고 달팽이 위로 뛰어넘었다. "자, 이제 나도 우주를 뛰어넘은 거지?" 메뚜기가 물었다.

"형식상으로 그렇긴 하지. 그런데 말이야 내 위로 뛰어넘는 건 유쾌하지 않아. 그냥 내 옆으로 걸어서 지나갔으면 해." 달팽이가 대답했다.

"오오, 미안해." 메뚜기가 말했다.

"그래." 달팽이가 말했다.

둘은 서로 인사를 나누고 가던 길을 갔다.

잠시 후 메뚜기가 개구리를 다시 만났을 때 메뚜기는 적당히 거리를 두고 앉아 외쳤다. "오, 개구리야, 네 말이 맞았어. 나 방금 우주를 뛰어넘었거든. 거기 뭐 별거 없던데."

개구리는 짜증난 듯 눈을 치켜뜨며 아무 말도 하지 않았다.

"그런데 말이야, 너 그냥 우주 옆으로 지나 걸어가는 편이 나을 거야." 메뚜기가 외쳤다.

그 소리를 듣자 개구리는 물속으로 뛰어들어 진흙 속에 몸을 숨겼다. 그리고 생각했다. '진흙 속에서 기어가는 것, 이것만큼은 메뚜기가 절대 할 수 없겠지. 그리고 개굴개굴 우는 것도.'

개구리는 잠시 후 달콤한 물당근을 한 입 먹으며 생각했다. '에이, 그러거나 말거나.'

33

다람쥐는 집에 놀러 온 개미와 함께 너도밤나무 열매 다섯 알, 크림 세 접시, 케이크 하나 그리고 푸딩 두 개를 먹어 치웠다. 그런 다음 다람쥐가 말했다. "나 작은 꿀단지가 하나 더 있어. 그냥 그건 보관해둘까?"

"그래, 그래." 개미가 말했다.

둘은 제대로 움직일 수조차 없어서, 오랫동안 머리 위 천장만을 바라보았다.

그런데 한 시간쯤 지나자 개미가 물었다. "있잖아, 다람쥐야, 그 꿀단지는 얼마나 크니?"

"조그마해." 다람쥐가 대답했다. 그러고는 손가락 두 개로 얼마나 작은지 보여주었다.

"그렇구나. 그러면 그냥 보관해두는 게 좋겠어." 개미가 말했다.

다람쥐는 고개를 끄덕였다.

"오래 가지고 있던 거니?" 개미가 물었다.

"꽤 됐지." 다람쥐가 대답했다.

"그런 꿀단지는 보통 얼마나 보관해두니?" 개미가 물었다.

"그때그때 다르지." 다람쥐가 대답했다.

"나는 절대 오래 보관하지 않거든." 개미는 잠시 침묵하다가 다시 말했다. "별 뜻이 있는 건 아니고."

잠시 후 개미는 어떤 종류의 꿀인지 물었고, 또 잠시 후 왜 그냥 보관해두려고 하는지 또 어디다 보관해두었는지 계속 꼬치꼬치 물어댔다.

"잘 모르겠어. 그게 이상하니?" 다람쥐가 말했다.

"응, 뭔가 수수께끼 같은데." 개미가 대꾸했다.

"아." 다람쥐가 말했다.

얼마 지나지 않아 개미는 꿀단지를 잠깐 볼 수 있는지 물었다. 그래서 다람쥐는 꿀단지를 꺼내왔다.

개미는 오랫동안 쳐다보았다. 이따금씩 의미심장하게 고개를 끄덕이기도 했다.

"좀 위험한 꿀단지 같아. 아주 위험한 단지야. 너도 보이지. 지금 먹어 치우거나 아니면 잊어버릴 만한 곳에다 꽁꽁 숨겨둬야 해. 그러지 않으면 우리가 결국 패배하게 될 거야."

"패배라고?" 다람쥐가 물었다.

"응. 그렇게 부르지. 패배. 그건 좋지 않아!" 개미는 아주 심각하고 걱정스러워 보였다.

꿀단지를 잊어버릴 수 있을 만큼 꽁꽁 숨겨두는 건 불가능할 것 같았다. 그래서 둘은 꿀단지를 열고 순식간에 먹어 치웠다.

그러자 곧 둘은 다시 안전함과 편안함을 느꼈다.

34

"난 다람쥐 네가 싫증이 나면, 너를 내 머리 위로 들어 올려서 숲 너머 저 바다로 던져버릴 거야." 어느 날 오후 코끼리가 다람쥐에게 말했다.

"오, 그래?" 다람쥐가 물었다.

"응. 그다음에 어떻게 집으로 돌아올지는 알아서 해. 네가 굳이 집으로 다시 돌아온다면, 너를 또다시 꽉 잡아서 다시 숲을 넘어, 바다도 넘어서 산으로 던져버릴 거야. 동굴에 박혀 있도록 말이지. 네가 거기서도 탈출할 방법이 있다면 말이야……" 코끼리가 대답했다.

다람쥐는 식탁에 팔꿈치를 괴고 앉아 여름과 강기슭을 머리에 그리고 있었다. 코끼리는 반대편 의자에 앉아 삐딱하게 다리를 꼬고 있었다. 그뿐 아니라 흔들 수 있는 모든 것, 귀며, 코며, 앞다리까

지 모조리 흔들어대고 있었다.

사실 코끼리는 다람쥐가 싫증나면 어디론가 던져버리겠다고 말하고 나서 말없이 깊은 생각에 빠졌다.

이마에 커다란 잿빛 주름이 생겼다.

“차 더 마실래?” 다람쥐가 물었다.

“응, 좋지.” 코끼리가 대답했다.

잠시 후 둘은 차 한 잔을 더 마셨다.

“차 맛이 좋아.” 코끼리가 말했다.

“버드나무 차야.” 다람쥐가 대답하며 찻잔을 빤히 쳐다보았다.

“그렇지만 다람쥐 네가 싫증 났을 경우에만 그렇게 할 거야.” 코끼리가 다시 말을 꺼냈다.

“응.” 이미 들어서 알고 있던 다람쥐가 대꾸했다.

“그리고 난 네가 전혀 싫증이 안 나. 아마 절대로 싫증 나지 않을 거야. 결코. 넌 정말 확실히 예외야!” 그러고는 다시 코와 앞다리와 귀를 흔들어댔다.

다람쥐는 잔을 비우고 코끼리에게 한 잔 더 마실지 물었다.

“응, 물론. 아주 좋아. 정말 맛있는 차야.” 코끼리가 대답했다.

35

"나 이상해 보이지 않니?" 문어가 다람쥐에게 물었다.

다람쥐는 그를 쳐다보며 잠시 주저했다.

"음, 그러니까 여러 개의 다리나 빨판 같은 게 좀……" 문어가 말했다. 뺨은 회색빛이 되었고, 두 눈은 아래로 떨구었다.

"아니야, 이상해 보이지 않아." 다람쥐가 대답했다.

"이상하지 않다고." 문어가 작은 소리로 말했다.

'이상해 보이지 않는데.' 다람쥐는 생각했다.

둘은 바다 밑에 앉아 있었다. 해변에서 멀지 않은 곳이었다. 문어는 함께 차를 마시자고 다람쥐를 초대했다.

다람쥐는 주위를 둘러보았다. 좀 떨어진 곳에 물 밑으로 시커먼 구름이 걸려 있었고, 비를 뿌리고 있었다. '저건 정말 이상하네.' 다람쥐는 생각했다.

"물 밑에서도 눈이 내릴 때가 있니?" 다람쥐가 물었다.

"그럼. 여기서도 뭐든지 다 일어나." 문어가 대답했다.

"천둥도 치고?"

"뭐든지." 문어가 대꾸했다. 이맛살을 찌푸리며 다리 몇 개를 겹쳐 서로 때리고 있었다.

다람쥐는 차를 한 모금 마시며 혼자 속으로 생각했다. '이 차 맛이 좋다. 정말 맛있어.'

"아주 훌륭한 차야, 문어야." 다람쥐가 말했다.

"그렇게 생각해? 짭짤한 차야. 소금 차가 떨어져서."

잠시 정적이 흘렀다. 이따금씩 다람쥐가 두 눈을 꼭 감고 깊이 숨을 들이쉬며 차를 한 모금을 삼켰다.

문어는 생각에 잠긴 듯했으나, 갑자기 다람쥐를 보며 물었다. "너 나랑 한번 바꾸지 않을래?"

'바꾼다고? 문어랑? 그러면 문어가 되어 여기서 살면서 소금 차를 좋아하게 되는 건가?' 다람쥐는 이마에 땀방울이 맺혔다. 사실 물 아래에서 땀방울이 맺히거나, 갈증이 생길 일이 있는지도 전혀 몰랐었다. 갑자기 목이 말라서 알게 되었다. '싫다고 하면 너무 불친절해 보일까?'

"무슨 생각해? 역시나 내가 이상한 거구나?" 문어가 물었다.

"아니, 아니야. 전혀 이상하지 않아. 전혀 아니야." 다람쥐는 대답했다. 하지만 '사실이지 뭐.'라고 혼자서는 생각했다.

그리고 벌떡 자리에서 일어났다. "오, 맞다. 급한 일이 있었다는 걸 깜빡했네."

"급한 일이라고?" 문어가 놀라 물었다.

"응, 급한 일. 갑자기 급한 일이 생겼어." 다람쥐가 대답했다.

그리고 문어에게 작별 인사를 했다.

"허, 이거 참." 문어가 말했다. 그러고는 다리를 전부 들어 올려 작별인사를 했다.

다람쥐는 바다 밑바닥을 따라 해변으로 향했다.

"나랑 바꿀지 안 바꿀지 아직 대답 안 해줬어." 문어가 외쳤다. 그러나 다람쥐는 이미 멀찌감치 떨어져 무슨 말인지 알아듣지 못하는 것 같았다.

36

어느 날 아침 다람쥐가 문 앞 나뭇가지에 앉아 개미에게 편지를 쓰고 있었다.

> 친애하는 개미에게,
>
> 편지 쓰고 있는 이 나무
>
> 껍질이 너무 작지만,
>
> 그래도 너에게 꼭 이 편

'편'을 끝으로 자작나무 껍질이 꽉 차버렸다. 그 아래 자기 이름조차 써넣을 수가 없었다.

다람쥐는 편지를 몇 번 더 읽어보고서 개미가 그 편지를 어떻게 생각할지 궁금해졌다. '편'이 그냥 '편'이 아니라 '편지'라는 걸 이해할까? 잠시 머뭇거렸지만 그렇다고 보내지 않는 것도 아쉬웠다. 그래서 그냥 공중에 편지를 날려 보냈다. 바람이 편지를 배달해주었다.

잠시 후 개미가 다람쥐의 편지를 읽었다.

다 읽은 다음 작은 자작나무 껍질을 가져와 이렇게 썼다.

친애하는 다람쥐야,

너의 편 정말 고마워.

아래에 이름도 적지 않고 그대로 편지를 보냈다.

오래 지나지 않아 다람쥐는 그 편지를 읽게 되었다. 가슴이 쿵쾅거렸고 이마에 짙은 주름이 생겼다. '그러니까 내가 보낸 편지인 걸 알았어. 그런데 너의 편은 또 무슨 뜻일까?'

어쩌면 이렇게 쓰려고 했을지도 몰라. "너의 편지 정말 고마워. 그런데 앞으로 너를 다시는 보지 않을 거야." 또는 "편하게 알아들을 수 없는 너의 글 고마워. 그런데 앞으로는 제대로 된 걸 보내든지 아니면 차라리 아무것도 보내지 마." 또는 "너의 편하지 않은 엉터리 짓 고마워."

다람쥐는 한기가 느껴져 몸을 오들오들 떨었다. 그리고 서둘러

서랍 구석구석을 뒤져 아주 작은 자작나무 껍질을 하나 발견했다. 그러고는 이렇게 썼다.

개미야, 놀러 오겠니? 다람

'그게 난데. 그건 알아듣겠지.' 그렇지만 안심할 순 없었다. 왜냐하면 '다람호'나 '다람제비'가 있을지도 모르니까. '내가 모르는 동물들이 아주 많이 있거든.'

잠시 후 작은 자작나무 껍질 부스러기가 날아왔다. '와아.'

다람쥐는 그 부스러기를 읽어 보았다.

그래. 개

이렇게만 쓰여 있었다.

개미구나. 다람쥐는 생각했다. 개미가 틀림없어! 그러고는 벌떡 일어나 찬장에서 가장 큰 너도밤나무 꿀단지를 꺼내와 개미에게 줄 접시에 가득 담기 시작했다. 왜냐하면 서로 나란히 앉아서 편지에 쓸 수 없었던 수천 가지 이런저런 이야기를 나눌 때까지 그리 오래 걸리지 않을 테니까.

37

이른 아침이었다. 이제 막 해가 뜨고 숲은 여전히 안개에 잠겨 습기가 가득했다. 거미줄이 햇빛에 반짝거렸고 강 한가운데에서는 잉어가 물 밖으로 입을 삐끔히 내밀고서 하품을 했다.

코끼리는 참나무 아래 서서 생각하던 참이었다. 위로 한번 올라가볼까?

물론 잘 알고 있었다. 일단 곧장 위로 올라가면 아래로 떨어질 것이고 지금 서 있는 바로 그곳으로 돌아오게 될 것을.

"저 위에서 해야 될 일이 있나?" 큰 소리로 물음을 던져보았다.

"아무것도 없지. 그러니 가지 말아야 해." 코끼리는 스스로 대답했다.

그러나 곧바로 목소리가 들려오는 것 같았다. 그것도 아주 가까이에서.

"아이고, 어리석게 그러지 말고 그냥 올라가."

도대체 누구 목소리인지 정확히 알 수가 없었다. '내 목소리 같긴 해. 그렇지만 내가 아니야.'

"이봐." 코끼리가 확인하려고 외쳐보았다.

"응?" 진흙에 누워 잠자고 있던 개구리가 막 물에서 나와 백합 잎에 올라 앉으며 대꾸했다.

"너였니?" 코끼리가 놀라 물었다.

"응, 그럼." 개구리가 발랄하게 개굴개굴 울며 대답했다. 아주 잘 자고 일어난 개구리는 생각했다. '그건 나였어. 내가 틀림없어.' 개구리는 너무 기분이 좋아져 풍덩 물로 뛰어들어 물 밑으로 다시 사라져버렸다.

'이것 참 별로인데. 이제 또 어떡해야 하지? 내가 나무에 오르지 않으면 어리석은 게 되는 거야? 어리석은 건 대체 뭐람?'

코끼리는 깊이 생각하며 참나무 맨 아래 가지로 올라섰다. '그러니까 난 이미 올라가고 있잖아. 내가 그렇게 결정했는지조차 몰랐는데.' 그러곤 머리를 저었다. '그래, 어리석게 되고 싶지 않은 건 분명해.' 한숨을 내뱉고 다음 가지로 발을 올려놓았다.

참나무는 높았고 코끼리는 계속해서 올라갔다. 시간이 지날수록 아무 생각도 나지 않았다. 꼭대기 바로 직전의 마지막 가지에서 멈추고 싶어지자 기분이 좋아져 코를 흔들며 외쳤다. "야호." 숲 전체 동물들이 잠에서 깨어났고 곧 서로서로 "야호" 하고 부르던 바로 그때 "아야……" 하는 외침과 함께 뭔가 묵직하게 쿵 떨어지는 소리가 들려왔다.

38

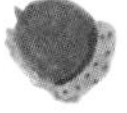

어느 날 오후 코끼리는 자작나무 밑 수풀에 앉아 있었다. 이제 막 여름이 시작되어 햇빛이 빛나고 자작나무 이파리들은 흔들리며 부딪혀 바스락거렸다.

'고슴도치는 어떻게 지내고 있으려나? 내가 한번 찾아가볼까?'

코끼리는 잠시 곰곰이 생각해보았다.

'편지를 써봐도 되겠군.'

코끼리는 고개를 끄덕이며 고슴도치에게 편지를 쓰기로 마음먹었다. 자작나무 껍질 하나를 집어 들고, 한쪽 눈을 꼭 감은 채 편지 쓰기를 시작했다.

땡

코끼리는 코를 움직이지 않고 자신이 쓴 것을 읽어보았다. "친애하는 고슴도치"라고 쓰고 싶었다. 그런데 "땡" 말고는 아는 글자가 없었다. 더 많은 글자가 있다는 건 알고 있었지만 다른 글자들은 쓰기도 어렵고 불필요하게 느껴졌다. 솔직히 말해 한 글자만 있으면 충분하다고 생각했다.

코끼리는 다시 고개를 끄덕이며 계속 써 내려갔다.

땡땡땡땡 땡땡땡땡,

땡땡땡땡 땡땡 땡땡땡 땡땡땡 땡땡

—땡땡땡

'내 편지를 받으면 고슴도치가 놀라겠지.'

코끼리는 편지를 접어 높이 던졌다. 바람이 불어 편지를 나무 사이를 지나 참나무에서 멀지 않은 덤불 아래 고슴도치 집으로 날려 보내주었다. 고슴도치가 때마침 문밖에서 햇볕을 쬐며 앉아 있었는데, 그때 편지가 코앞에 도착했다.

'야호! 편지다!' 고슴도치가 생각했다.

편지를 열어 읽어보았다. 심장이 쿵쾅거렸다.

편지를 다 읽고서 고슴도치는 눈을 꼭 감고 아주 깊은 생각에 빠졌다.

한 번도 이렇게 깊게 생각해본 적이 없었다. 가시가 완전히 후끈후끈거려 빨간색 엉겅퀴처럼 보이기까지 했다.

'땡땡땡이 도대체 누구지? 나처럼 가시가 있을까? 이따금씩 내가 땡땡땡땡이라는 생각을 하는 걸까? 정말 놀라운 일이야.'

분명히 바람이 실수할 리는 없었고 편지는 어찌됐건 고슴도치에게 배달된 게 틀림없었다.

고슴도치는 문 앞에서 이리저리 서성이다 편지를 다시 읽어보고, 다 외울 때까지 읽고 또 읽어보았다.

'답장을 해야겠어. 항상 반드시 답장은 해야지.'

고슴도치는 몸을 구부려 나무껍질에 뭔가 써 내려갔다.

친애하는 땡땡땡,

편지 고마워. 너의 편지를 받아서 얼마나 기쁜지 몰라. 그런데 나는 땡땡땡땡이 아니라 고슴도치라고 해.

더 이상 쓸 말이 없었다. 맨 밑에 자기 이름을 써넣고 편지를 접어 바람 편에 날려 보냈다.

잠시 후 코끼리가 그 편지를 받았다.

'고슴도치에게서 온 거구나.' 코끼리는 편지를 열어보지 않았다. '땡'이 아닌 글자를 읽는 걸 좋아하지 않았다.

'오늘 밤 머리 밑에 넣어둬야지. 그러면 뭐라고 적혀 있는지 들릴 거야.' 코끼리는 생각했다.

늦은 오후가 되자 코끼리는 집으로 돌아갔다. 편지는 코로 단단히 말아 붙잡고 있었다. 집에 돌아와 진흙탕에 목욕을 하고 설탕과 함께 가득 담은 덤불 한 접시를 먹어 치운 뒤 잠자리에 들었다. 그리고 귀밑에 편지를 두었다.

한밤이 되어 코끼리가 깊은 잠에 빠져 있을 때, 갑자기 귓가에 속삭이는 소리가 들려왔다. "친애하는 코끼리야. 나는 아주 잘 지내. 너도 잘 지내니? 고슴도치."

코끼리는 끄덕였다. '그래, 나도 잘 지내 고슴도치야. 나도.' 그리고 꿈을 꾸었다.

깊게 숨을 내쉬고 반대편 귀 쪽으로 몸을 돌려 계속해서 잠을 청했다.

39

코뿔소가 생일을 앞두고 케이크를 구웠다. 그러나 아무도 베어 물 수 없을 만큼 아주 딱딱했다. 손님들은 우울하게 케이크 주변에 앉아 있었다.

"그러게 다른 방법으로 구웠어야 했어." 코뿔소가 눈을 내리깔고 말했다. 게다가 집에는 다른 먹을 게 아무것도 없었다.

"난 집에 절대로 먹을 걸 두지 않거든." 들릴 듯 말 듯한 목소리로 이렇게 덧붙였다.

딱따구리는 케이크를 잘라보려고 했지만, 부리에 상처만 날 뿐이었다. 독수리는 케이크를 공중으로 가져가 아주 높은 곳에서 떨어뜨려보았다. 그런데도 케이크 부스러기조차 떨어지지 않았다. 들소는 케이크를 향해 돌진하며 있는 힘껏 부딪혀보았지만 역시나 풀숲에 거꾸로 내동댕이쳐졌다. 그리고 멋쩍은 듯 그렇게 계속 누워 있었다.

강꼬치고기는 케이크를 강바닥으로 가지고 내려갔다. "어쩌면 물에 녹을지도 몰라."

그러나 역시 헛수고였다. 케이크는 여전히 딱딱하고 공격할 틈이 없었다. 그날 저녁 모두들 낙담하고 굶주린 채 집으로 되돌아갔다.

케이크는 숲 한가운데 그냥 놓여 있었다. 누군가 지나가다 한 번씩 기대어 코뿔소의 생일을 회상하기도 하고, 케이크 위에 누워 잠이 들기도 했다.

사실은 정말 맛있는 케이크였다는 건 냄새로 알아챌 수 있었다.

개미와 다람쥐가 어느 날 그 케이크를 지나다 개미가 말했다. "다람쥐야, 이거 거의 기념물이 되었어."

"무슨 기념물?" 다람쥐가 물었다.

그러나 개미는 그 말을 듣지 못하고 그저 경이롭게 케이크를 우러러 보았다. 그러고는 공손하게 입맛을 다셨다.

40

한번은 개미가 다람쥐에게 물었다. "너도 가끔 꿀을 더 이상 쳐다볼 수가 없었던 적이 있니?"

다람쥐는 잠시 생각한 후 대답했다. "아니. 그런 적은 없었어."

"나는 그런 적이 있어. 그러면 꿀이 정말 싫어…… 그럴 때 네가 꿀을 보여주면, 손가락으로 귀를 막고 힘껏 도망쳐버릴 거야."

둘은 다람쥐의 집에 앉아 있었다. 밖에는 비가 내리고 있었다.

"그리고 꿀이 절대로 따라올 수 없는 딱 그곳까지 도망쳐버릴 거야." 개미가 덧붙였다.

"나는 그런 적 없는데." 다람쥐가 말했다.

"다람쥐 너에겐 정말 큰 행운이야. 왜냐하면 그게 정말 괴롭고 고통스럽거든. 마치 꿀이 찢어지는 듯한 소리를 내거나 날카로운 손

톱으로 등을 긁어대는 것 같고, 아, 더 이상 뭐라고 설명해야 할지 모르겠다." 개미가 말했다.

"그냥 꿀이 말이니?" 다람쥐가 물었다.

"모든 꿀이 말이야." 개미가 대답했다.

"지금도 그래?" 다람쥐가 물었다.

"아니, 지금은 전혀 그렇지 않아." 개미가 대답했다.

"그러니까 지금은 꿀 때문에 멀리 도망가지는 않겠구나?"

"응." 개미가 대답했다. 그리고 덧붙였다. "내 생각에 지금은 더 가까워지려는 것 같아."

"오." 다람쥐가 말했다.

"그건 왜 묻는 거니?" 개미가 눈을 조금 크게 뜨며 물었다.

"뭔가 갑자기 떠올랐어." 다람쥐가 말했다. 그러고는 찬장으로 가서 밤꿀 단지를 꺼내왔다. 둘은 꿀을 맛보았다. 그러는 동안 개미는 심지어 한 번은 아주아주 적은 그냥 꿀 조금 때문에 수평선 너머로까지 달아난 적이 있었다고 했다.

"세상에나 세상에." 다람쥐는 이렇게 말하며 꿀단지를 그에게 더 가까이 밀어주었다.

41

어느 날 바람이 세게 불어 코끼리의 코가 펄럭였다.

"아이쿠야!" 그가 외쳤다. 양쪽 귀는 간신히 붙잡고 있을 수 있었다. 하지만 코는 결국 나무 위를 넘어가 구름 속으로 사라졌다.

코끼리는 덤불에 앉아 폭풍이 지나갈 때까지 기다렸다. 늦은 오후 바람이 잠잠해지자 코끼리는 슬퍼하며 숲으로 걸어갔다. 그러다 뭔가 잃어버린 동물들과 마주쳤다. 등딱지, 촉수, 더듬이 등등, 그러나 자신이 그중 제일 심하게 당했다고 생각했다.

"딱 커다란 회색 덩어리 같아." 코끼리는 강물에 비친 자신의 모습이 싫어서 중얼거렸다.

그러곤 딱정벌레에게 달려가 문을 두드렸다.

"누구세요?" 딱정벌레가 물었다.

"회색 덩어리예요." 코끼리가 대답했다. 너무 창피해서 자신의 이름을 차마 댈 수가 없었다.

"들어오세요, 회색 덩어리님." 딱정벌레가 대답했다. 딱정벌레는 뭔가 우울하고 불안정해 보였다. 그리고 자신의 지성 중 가장 큰 부분이 날아가버렸다고 설명했다.

그러나 코끼리는 그 말은 제대로 듣지 않고 혹시 코 같은 걸 갖고 있는지 물었다.

"네." 딱정벌레가 대답했다. 그러더니 뭔가 길쭉한 걸 하나 들고 나왔다. 그러고는 코끼리 얼굴에 붙여주었다. 하지만 안이 너무 어두워 뭔지 제대로 볼 수 없었다.

"고맙습니다." 코끼리가 말했다.

딱정벌레는 한숨을 내쉬며 중얼거렸다. "먼저 내 지성의 어떤 부분을 잃어버렸는지 찾아봐야겠어. 그런데 어쩌면 찾아보는 것 자체가 지성에 포함돼 있으니 그조차 못할지도 몰라……" 남아 있던 지성들이 머릿속에서 삐걱거렸고 딱정벌레는 깊고 긴 한숨을 내뱉었다.

코끼리는 연못으로 달려가 자신의 모습을 물에 비춰 보았다. 뭔가 시커먼 부리 같은 게 얼굴에 붙어 있었다. '나는 이제 그냥 회색 덩어리조차도 아니야, 정말 아무것도 아니게 됐어.'

코끼리는 우울한 생각에 잠겨 풀밭에 앉았다. '아무것도 아닌 내가 물이 반짝이는 것을 보고 있어.'

그러나 오래 지나지 않아 갑자기 하늘에서 모든 것들이 떨어졌다. 털 많은 꼬리, 은색 비늘, 작은 더듬이, 볏, 무지하게 큰 부리, 그리고 코끼리 코.

"내 코다!" 코끼리가 외쳤다.

잠시 후 코끼리는 숲을 이리저리 달리며 아무도 없는 허공에 소리쳤다. "여기 누가 뛰어 다니지? 글쎄? 누구라고? 코끼리지!"

그리고 만족감에 취해 전속력으로 나무에 부딪쳤다.

42

"나 더 이상 여기서 살고 싶지 않아." 어느 날 아침 고슴도치가 다람쥐에게 말했다.

둘은 고슴도치 집 앞에 서 있었다.

"그럼 어디서 살고 싶니?" 다람쥐가 물었다.

"저기." 고슴도치는 이렇게 말하며 높이 가리켰다.

"어디?" 다람쥐가 놀라며 물었다.

"저기, 저 나뭇가지 꼭짓점 말이야." 고슴도치가 대답했다.

"저기서? 저기서는 살 수가 없어, 고슴도치야. 날이 추워지면 저기는 엄청 더 추워질 거야. 저기서는 물건을 내려놓거나 보관할 수도 없어."

"그래도 저기서 살고 싶어."

"게다가 저기는 흔들흔들 위태로워."

"가끔은 나도 흔들흔들 살아보고 싶어. 그리고 위험한 상태에서 걸어보고도 싶고. 나는 한 번도 위험한 상태에서 걸어보지 않았거든, 절대로, 다람쥐야." 고슴도치가 말했다.

다람쥐는 말이 없었다.

"나 이사하는 것 좀 도와줄래?" 고슴도치가 물었다.

잠시 후 고슴도치는 다람쥐의 등으로 올라갔다. 가구들은 등 가시에 꽂아 몸통 전체에 고정해놓았다.

다람쥐는 고슴도치를 너도밤나무 큰 나뭇가지 꼭짓점으로 데려가 내려주었다.

어느 가을날, 어두컴컴한 오후였다. 다람쥐는 너도밤나무 아래에 앉았다. '고슴도치가 떨어지기라도 하면 내가 붙잡아줘야겠어.' 여태껏 고슴도치를 한 번도 붙잡아본 적은 없었지만, 고슴도치를 붙잡는 게 그리 만만해 보이지 않았다.

나뭇가지가 이리저리 바람에 흔들렸다.

"잘 앉아 있니?" 다람쥐가 외쳤다.

"응. 그런데 비스듬히 앉는 게 안 돼. 그리고 뒤로 기대앉는 것도 불가능해." 고슴도치가 대답했다.

"왜 거기 그렇게 살고 싶은 거니?" 다람쥐가 물었다.

"솔직하게 말해줄까?" 고슴도치가 되물었다.

"응."

"충동이었어."

다람쥐는 한숨을 쉬며 충동에 대해 깊이 생각해보았다. 개미는 자주 충동적이었지만, 자신은 한 번도 그런 적이 없었다. 땅을 바라보며 어떻게 하면 충동적일 수 있을지 머릿속에 그려보았다. 그러나 개미에게 배운 대로, 뭔가를 찾으려 하면 오히려 절대로 못 찾는다는 게 떠올랐다.

바람은 더 세게 불었고, 너도밤나무 나뭇가지로 소리를 냈다.

고슴도치는 몹시 흔들거리며 이쪽에서 저쪽으로 날아다녔다.

"야호." 고슴도치가 이따금씩 작은 소리로 외쳤다.

"무섭지 않니?" 다람쥐가 물었다.

"아니 전혀, 아니면 조금." 고슴도치가 대답했다.

이른 오후, 번개 구름이 지평선에 나타나자 고슴도치가 외쳤다. "나 이제 여기서 충분히 살아본 것 같아."

다람쥐는 아무 말도 하지 않고 위로 올라가 고슴도치가 나뭇가지에서 땅으로 내려오는 걸 도와주었다.

잠시 후 둘은 너도밤나무 아래 덤불 속에 있는 고슴도치의 옛집으로 들어갔다. 고슴도치는 가구들을 가시에서 뽑아 모두 제자리로 옮겼다.

너무 어두워 번개 칠 때만 서로가 보일 정도였다. 고슴도치는 더듬더듬 지하실에서 설탕 과자 두 개를 꺼내왔다. 그리고 둘은 마주 앉아 과자를 다 먹었다.

“나 아까 위험한 상태에서 걸었어, 다람쥐야. 그렇게 생각하지 않니?” 고슴도치가 물었다.

“응.” 다람쥐가 대답했다.

“크게 위험한 상태였을까?”

“제법 크게 위험한 상태였지.”

“그러니까 내가 제법 크게 위험한 상태에서 걸었다는 거군……” 고슴도치가 중얼거렸다. “그래, 그랬어……” 고슴도치는 만족해하며 귀 뒤에 있는 가시 사이를 긁적였다.

43

거북이는 아주 간절하게 한 번쯤 으르렁 포효해보고 싶었다. 그래서 일 년 동안 모든 소리를 저장해두었다. 아무 말도 하지 않고, 쉬쉬 소리조차 가능한 한 작게 내고, 귀 뒤도 아무 소리 나지 않게 긁적였으며, 한숨도 내쉬지 않았다.

도마뱀의 생일날 모두가 자리에 앉아 막 음식을 먹기 시작했을 때 갑자기 거북이가 입을 크게 벌리고 포효했다.

너무 세게 포효해서 모두 다 의자에서 넘어졌다. 케이크는 멀리 날아가 나무 꼭대기에 걸려버렸고 도마뱀은 자기 선물이 모조리 구름 속으로 사라지는 걸 지켜보았다.

그러고 나서 거북이는 입을 다시 닫았다. 잠시 정적이 흘렀다. 그때 거북이가 작은 소리로 말했다. "너무 셌나?"

특별히 누군가에게 한 말은 아니었다. 그런데 때마침 바로 옆 바닥에 누워 있던 다람쥐는 거북이가 자기에게 묻는 건 줄 알고 대답했다. "응."

파티는 그대로 끝이 나버렸다. 모두들 급히 외투에 몸을 감싼 채 자리를 떠났다. 그러는 사이 도마뱀은 우울해하며 메마른 나뭇잎들 아래로 기어들어갔다.

곰만 나뭇가지에 걸려 있던 꿀케이크를 먹기 위해 참나무 위로 올라갔다. 두꺼비는 춤도 못 추고 집으로 가야 하는 것이 아쉬웠다. 그래서 넘어진 의자 사이에서 눈을 감고 잠깐 춤을 추었다.

거북이는 홀로 집으로 돌아갔다.

'정말 셌어.' 거북이의 눈은 반짝이고 있었다.

이런 생각까지 들었다. '아주 오랫동안 아무것도 보지 않으면, 눈을 꼭 감고 있다 갑자기 뜨면, 그럼 아주 많은 걸 볼 수 있으려나?'

아직은 이른 저녁이었다. 태양은 나무들 맨 아래 가지 사이를 비추고 있었다. 거북이는 좀 더 오랫동안 그 기분을 음미하기로 마음먹었다. '얼마나 세던지.' 또 생각했다.

44

어느 날 아침 개미가 위를 올려다보니, 다람쥐가 자신의 집 앞 나뭇가지에 앉아 있었다.

"안녕, 다람쥐야." 개미가 인사했다.

"안녕, 개미야." 다람쥐도 대답했다.

"지금 뭐 하고 있니?"

"나 편지 쓰는 중이야."

"누구에게?"

"너에게."

"나에게 쓴다고? 뭐라고 쓰는데?" 개미가 놀라 물었다.

"이제 막 쓰기 시작했는데, '어떻게 지내니?'" 다람쥐는 편지를 읽다가 개미에게 물었다.

“너 정말 어떻게 지내니?”

“그건 편지로 써서 보낼게.” 개미가 대답했다.

갑자기 다람쥐는 더 이상 뭐라고 써야 할지 몰라 펜을 깨물었다.

“더 이상 생각나는 게 없어.” 다람쥐가 말했다.

“그렇게 쓰고 있니?” 개미가 물었다.

“아니, 그렇게 생각한다고.”

“그럼 이렇게 써봐.” 개미가 깊이 생각하며 말했다. “먹어 치워야 할 아주 큰 꿀단지가 있는데 내가 방문해줄 수 있느냐고……”

“너 올래?”

“당장 써봐!” 개미가 안달하며 말했다.

다람쥐는 그렇게 쓴 다음 아래에 이름도 적어넣었다. 그리고 편지를 하늘로 던졌다. 바람이 개미에게 편지를 배달해주었다.

“아하, 편지구나.” 개미는 편지를 열어보았다.

“내 편지야!” 다람쥐가 외쳤다.

“쉿. 내가 읽어볼게.”

개미는 편지를 읽고 나서, 풀 줄기를 잠시 씹어보고, 이맛살을 찌푸리다가, 왼쪽 뒷다리로 서보기도 하고, 귀 뒤를 긁적이면서 답장을 썼다.

친애하는 다람쥐야,

그거 좋은 생각이야. 나 지금 갈게.

—개미가

다람쥐가 잠시 후 편지를 받아 막 열어서 읽으려는데, 개미가 이미 앞에 서 있었다.

"나 왔어." 그가 말했다.

다람쥐는 편지를 접고 나중에 읽어보겠다고 말했다.

개미는 끄덕였고 잠시 후 다람쥐는 접시 두 개에 너도밤나무 꿀을 담아 내놨다. 그리고 둘은 만족감으로 가득 차 말했다. "그래, 그렇지."

45

"코끼리야, 네가 지금 딱 내 뒤에 붙어 걷는다면, 그러면 넌 더 이상 아무 데도 부딪히지 않을 거야." 다람쥐가 말했다.

"그거 좋다." 코끼리가 대답했다. 그리고 다람쥐 뒤에 붙어서 걸었다.

둘은 한참을 그렇게 잘 걸었다. 모두들 다람쥐와 그 뒤에 바짝 붙어 숲 이쪽저쪽으로 걸어 다니는 코끼리를 무척 놀란 표정으로 바라보았다. 둘은 비뚤비뚤한 길을 따라 걸었지만 어디에도 부딪히지 않았다.

햇빛이 빛나고 코끼리의 머리에 난 혹은 차차 사라져갔다.

"우리 정말 잘 걷고 있는 거니? 나 가끔 어딘가에 부딪혀야 하는 거 아닐까?" 한참 지나 코끼리가 물었다.

"그런데 넌 항상 여기저기 부딪히는 게 싫다고 했잖아?" 다람쥐가 놀라 물었다.

"응, 그렇긴 하지." 코끼리가 대답했다.

둘은 그렇게 좀 더 걸으며 아무 말도 하지 않았다.

코끼리는 우울해졌다. '아무 데도 안 부딪히는 내가 과연 진정한 나일까?' 어떻게 하면 온전한 자신이 되는지는 알지 못했다. 코끼리는 한숨을 깊이 내쉬었다.

하지만 결국 더 이상 견딜 수 없어 갑자기 오른쪽으로 방향을 틀었다.

거기엔 역시나 한 번도 본 적 없는 참나무가 서 있었다. 코끼리는 참나무 몸통을 향해 머리를 숙이고 전속력으로 달려갔다.

숲 전체에 우르릉 쾅 소리가 울렸다.

"아우!" 코끼리가 외쳤다. "아우, 아우!" 여태 생겼던 혹 중에 가장 큰 혹이 이마에 돋아났다. 코끼리는 큰 소리로 한탄했지만 조금은 만족스러웠다.

다람쥐는 풀숲 가장자리, 코끼리 옆에 앉아 아무 말도 하지 않았다.

"미안해. 정말 미안해." 코끼리가 말했다.

다람쥐는 아무 말도 하지 않았고 발가락으로 땅에다 작은 구멍을 만들었다.

"뭔가 후회해야 할까?" 코끼리가 큰 소리로 외쳤다. 그러나 스스로도 아주 이상한 말을 외치고 있다고 생각했다.

46

"좋은 생각이 있어." 거미줄에서 겨우 빠져나온 파리가 말했다. "거미 네가 거미줄 위쪽에다 나에게 딱 맞는 구멍을 하나 만들어주면 말이야……"

"글쎄." 거미가 대답했다. 거미는 구멍을 좋아하지 않았다. 그렇지만 파리가 자신을 떠나 다시는 돌아오지 않을까 봐 두렵기도 했다. "네 생각에 반대할 수는 없지." 거미가 말했다.

"아무한테도 말 안 할게." 파리가 말했다.

거미는 자기 집에 구멍을 하나 만들었고 파리는 근처에 올 때마다 그 구멍으로 날아다녔다.

그러고는 기분 좋게 외쳤다. "안녕, 거미야!"

그러면 거미는 고개를 끄덕이면서 쭈뼛쭈뼛 대답했다. "안녕, 파리야."

그러나 파리는 거미줄의 구멍에 대해 끝까지 비밀로 할 수가 없었다. 그래서 이내 모두 다 그 구멍을 통과해 날아다녔다. 모기도, 수벌도, 제비도, 그리고 어떻게 나는지는 알 수 없으나, 다시 날 수 있게 되었을 때는 심지어 코끼리까지.

'내 거미줄에 걸리는 게 없어.' 거미는 거미줄을 걷어내 작은 상자에 집어넣은 후 덤불 구석에 다리를 포개고 앉아 있었다.

"무슨 일이니?" 동물들이 거미를 발견하고 물었다.

"나 화났어." 거미가 대답했다. 어떻게 느꼈는지에 따라 어쩌면 "나 슬퍼." 또는 "나 괴로워."였을 수도 있다.

"뭐 때문에?" 동물들이 물었다.

"그것 때문에." 거미가 대답했다. 더 괜찮은 이유는 생각나지 않았다.

'거미줄을 다시 쳐야겠어. 너무 아름다운 나머지 그 누구도 다가올 생각조차 못하도록. 그래, 경이롭게.' 거미는 생각했다.

그러나 거미의 생각은 실망스럽게도 자신을 만족시키지 못했다. 그래서 슬프고 화나고 때때로 괴로워하며 덤불 구석진 곳에 그렇게 앉아 있었다.

47

어느 날 아침 다람쥐가 잠에서 깨어보니 집 앞에 편지가 놓여 있었다.

친애하는 다람쥐야,

나 아파.

—개미가

다람쥐는 털을 빗고 귀도 닦고 나서 밖으로 나가 너도밤나무를 내려간 후 숲을 통과하여 개미의 집으로 달려갔다.

개미는 새카만 이불을 덮고서 베개를 베고 침대에 누워 있었다. 그리고 진지하게 천장을 바라보고 있었다.

"내 편지 받았니?" 다람쥐가 들어오자 개미가 물었다.

"응." 다람쥐가 대답했다.

"나 아파." 개미가 말했다.

다람쥐는 아무 말 없이 고개만 끄덕였다. 개미는 등을 방 안쪽으로 돌리고 옆으로 몸을 틀었다.

쾌청한 날이었다. 햇빛이 방 안으로 스며들었다.

"어디가 아픈 거니?" 다람쥐가 물었다.

"여기저기." 개미가 대답했다. 그리고 벽을 쳐다보았다.

"심한 거야?"

"제법 그런 것 같아. 고통이 느껴져." 개미는 이렇게 대답하고 머리를 다시 방 안쪽으로 돌렸다. "그래서 너에게 편지한 거야."

"아." 다람쥐가 대답했다. 무슨 말을 해야 할지 몰랐다. 아프다는 게 뭔지 고통이 느껴지는 게 뭔지도 알지 못했다. "내가 어떻게 해줄까?" 다람쥐가 물었다.

"글쎄…… 내가 나아지게 뭔가 말이라도 해줄 수 있겠지." 개미가 대답했다.

"어떤 말?"

"내가 씩씩하다고 말해줄 수 있겠지."

"너 그럼 씩씩하니?"

개미가 잠시 침묵하더니 대답했다. "글쎄…… 조금 씩씩한 건 사실이야. 그런데 내 말은 네가 그렇게 말해줘야 한다고."

"너 씩씩해." 다람쥐가 말했다.

"그래…… 잘하긴 했는데…… 다른 식으로 말해야지…… 어떻게 설명해야 할지 모르겠다……" 개미는 아주 불행하고 아파 보였다.

그때 다람쥐가 가슴속 깊은 곳에서 우러나 이렇게 말했다. "개미야, 너 정말 씩씩해, 아주아주 씩씩하게 잘 견디고 있어."

"아이, 뭐……" 개미는 방 한구석 침대 위에 이불을 덮고 누워 겸손한 미소를 지으며 대답했다. "그렇게 나쁘지 않네……"

다람쥐는 아무 말 없이 개미 옆에 놓인 등 없는 의자에 앉았다. 개미는 다람쥐에게 가끔 놀랍다고 말해주고, 머리를 흔들어주고, 또 한 번씩 아주 씩씩하다고 말해달라고 했다. 그리고 설탕 가루와 꿀벌집을 넣고 크림을 으깨어 모두 한 접시에 담아서 침대 옆 바닥에 놓아달라고 했다.

그렇게 하루가 지나고 있었다.

오후가 다 지날 무렵 개미가 말했다. "이제 거의 아무런 고통도 느껴지지 않아."

다람쥐는 감격스럽게 개미를 쳐다보며 설탕 가루를 좀 더 갈아 달콤한 젤리와 섞었다. 그리고 둘이 함께 먹었다.

그러고 나서 다람쥐는 집으로 돌아갔다. 다람쥐는 생각에 잠겨 어스레한 숲을 걸었다. 고통을 느끼는 건 어떤 기분일까 생각해보았다. 그러나 잘 상상이 가지 않았다. 다람쥐는 그렇게 개미에 대한 감탄을 가득 안고서 너도밤나무 위 자신의 집으로 올라갔다.

48

모기는 생일을 짧게 기념하고 싶었다. '존재하는 가장 짧은 생일.' 딱 한 순간, 그것으로 충분했다.

그리고 아주 작은 선물을 받고 싶었다. 예를 들면 딱 한 개의 설탕 부스러기 같은. 그 부스러기의 한 조각이 더 낫겠다. 다시 그 부스러기 조각의 조각이 나올지도 모르겠다. 그 이상은 말고.

모기는 생일을 기념하기 위해 장미 덤불 가장자리에서 어두운 구석을 찾고 있었다.

눈을 가까이 가져가야 보일 정도로 작은 케이크도 구웠다. 그런데 잠깐 한숨을 내쉬니 케이크가 날아가버렸다. 너무 작아서 찾을 수도 없었다.

다음 날 아침이 되었다.

'드디어 생일이군.' 모기는 생각했다.

그런데 누굴 초대할지 생각을 마치기도 전에(모두를 생각하느라, 심지어 반딧불과 잠자리도 생각하느라 몸에 전율이 흘렀다.) 생일이 이미 지나버리고 말았다.

'결국 아무것도 기념하지 못했어. 그래, 뭔가 적게 하는 건 불가능한가 봐.' 그는 고개를 끄덕이며 만족한 기분으로 윙윙거렸다.

그럼에도 내년에는 조금만 더 길게 생일을 기념해야겠다고 다짐했다. '여전히 짧지만 그렇다고 너무 짧지는 않게.' 그리고 줄이 달린 케이크를 굽고 선물로 설탕 부스러기 두 개를 부탁하거나 어쩌면 백 개 또는 설탕 산을 부탁하기로 마음먹었다. 그렇다면 생일에 전부를 초대 안 할 이유가 있을까?

모기가 흥분으로 빨개진 날개를 흔들며 힘껏 장미 덤불로 날아들었을 때는 생일이 몇 분 지난 뒤였다.

49

개미가 또다시 먼 여행을 떠났을 때 다람쥐는 창가에 앉아 그를 생각했다.

갑자기 몸이 떨리며 이런 생각이 들었다. '개미라는 존재가 있기는 한가?'

다람쥐는 식탁으로 가 앉으며 두 손으로 머리를 감싸 안았다.

'어쩌면 개미는 내 상상 속에만 있을지도 몰라.' 생각은 점점 더 어두워졌다. 너무 슬퍼서 더 이상 움직일 수조차 없게 될까 봐 두려워졌다.

다람쥐는 벌떡 자리에서 일어나 밖으로 걸어 나간 뒤 너도밤나무를 내려가서 숲을 달렸다.

금방 귀뚜라미를 마주쳤다.

"귀뚜라미야." 다람쥐는 숨이 차 허덕이며 말했다. "너 개미에 대해 들어본 적 있니?"

귀뚜라미는 아무 말 없이 서 있었다. 얼굴에는 깊이 생각하는 표정이 드러났다.

"개미라…… 들어본 적이 있나…… 다시 한 번 뭐라고?" 개미가 말했다.

"개미, 개미라고." 다람쥐가 말했다.

"개미, 개미, 개미라……" 귀뚜라미는 주의 깊게 그 이름을 되뇌었다.

그러고는 머리를 가로저었다.

"아니. 그런 이름 들어본 적 없는데."

"아." 다람쥐는 한숨을 쉬었다. "그렇다면 개미는 내 상상 속에만 있었나 봐."

"아 그래?" 귀뚜라미가 궁금해하며 물었다. 호기심이 많았던 것이다.

그러나 다람쥐는 서둘러 길을 나서며 딱정벌레, 제비, 코끼리, 그리고 참새에게 같은 질문을 했다. 그러나 아무도 개미에 대해 들어본 적이 없다고 했다. "아니." 모두가 대답했다. "개미라…… 아니. 아쉽게도 들어본 적 없는데." 뾰족뒤쥐, 홍방울새, 영양, 사향소, 외뿔고래는 들어봤지만 개미는 들어본 적이 없다고 했다.

오후가 다 지날 무렵 다람쥐는 집으로 돌아갔다. 양발이 진흙투성이여서 너도밤나무를 간신히 올라갔다. 문 앞에 우울하게 앉아 있으니 태양의 마지막 빛줄기가 뺨을 비추어주었다.

'그러니까, 개미를 상상했던 거야. 더듬이도 발가락도 모두 상상 속에서 본 거야. 꿀을 세상 무엇보다 가장 맛있다고 생각한다는 것도…… 그리고 그를 그리워하는 것도, 그것도 모두 상상이야……'

생각 속에서 개미의 허깨비가 걸어 다니는 게 보였다. 서로 어깨에 손을 얹은 채 함께 강기슭에 앉아 있었다. 잠시 후 그 허깨비가 심지어 말을 했다. 전혀 이해할 수 없는 뭔가 복잡한 걸 설명하는 소리가 들렸다.

어느 여름날 무더운 저녁, 그렇게 다람쥐는 집 앞에서 잠이 들었다.

멀리 사막에서는 개미가 숲을 향해 아니 다람쥐를 향해 있는 힘껏 달려왔다. 이마에는 땀방울이 맺혔다. '나를 잊지만 않았다면……' 이렇게 생각하며 더 열심히 달렸다. '나 가고 있어! 기다려. 다람쥐야!'

50

다람쥐네 식탁 위에 전등이 달려 있었다.

이따금씩 코끼리가 찾아와 그 전등에 매달려 이리저리 흔들어봐도 되는지 물었다.

다람쥐는 항상 좋다고 대답했다.

그러면 코끼리는 귀를 펄럭이며 이리저리 흔들거렸다. 너무 높은 나머지 심지어 천장에 부딪히기도 해서 전등은 몹시 삐걱거렸다.

식탁 위로 낮게 다가올 때면 이렇게 소리쳤다. “다람쥐야!” 그러고는 다람쥐를 향해 손을 흔들었다.

다람쥐도 손을 흔들어주었고 그러면서 전등이 잘 버텨주기를 바랐다.

그러고 나서 둘은 달콤한 나무껍질을 먹으며 바다나 자주 생일이 돌아오는 동물들이나 생일을 한 번도 맞은 적이 없는 동물들에 대해 이야기 나누었다.

"우리 친구 맞지, 다람쥐야?" 코끼리가 이따금씩 물었다.

"응." 다람쥐가 대답했다.

"각별한 친구?"

"각별한 친구."

그러면 코끼리는 깊게 한숨을 쉬며 창밖으로 너무 자주 그리고 너무 세게 떨어지는 나무들 꼭대기를 바라보았다.

그런 날 늦은 오후가 되면 코끼리는 이렇게 말했다. "자, 나 이제 다시 가볼게."

둘은 인사를 나누고 항상, 정말 항상, 다람쥐는 "조심해."라고 한 발 늦게 외쳤다. 코끼리는 발을 헛디뎌 너도밤나무 가지들 사이를 가로질러 아래로 쿵 떨어졌다. "아야." 이렇게 외치고도 잠시 후 "괜찮아. 안녕." 하고 인사했다. 다람쥐는 있는 힘껏 "안녕, 코끼리야! 곧 또 만나!"라고 소리쳐주었다.

그러면 코끼리가 다시 마지막으로 소리쳐주었다. "응, 그러자!"

51

겨울이었다. 이미 오랫동안 다람쥐는 아무도 만나지 못했다. 창가에 앉아 너도밤나무 가지들 사이로 떨어져 내리는 눈을 가만히 바라보았다.

차를 한 잔 따랐다.

뜨겁고 김이 모락모락 나는 차였다. 다람쥐는 생각했다. '차는 사실 정말 친절해.'

차와 담소를 나눌 수 있었으면 좋겠다고 생각했다. '개미는 모든 사물과 이야기를 나눌 수 있어.' 심지어 하늘과도.

'있잖아, 그냥 한번 시도나 해보지 뭐.' 다람쥐는 목소리를 가다듬고 말했다. "안녕, 차야."

잠시 조용한가 했는데, 잔에서 "안녕, 다람쥐야."라는 작고 맑은 소리가 들려왔다.

다람쥐는 하마터면 의자에서 떨어질 뻔했다가 간신히 다시 앉았다.

"안녕, 차야." 다람쥐가 다시 말해보았다. 그렇게 차와 담소를 시작했다.

둘은 향기에 대해서, 모락모락 피어나는 김에 대해서, 그리고 겨울에 대해서 이야기를 나누었다. 차는 많은 걸 알고 있었다.

마지막으로 차는 다람쥐에게 찻잔을 비우라고 했다. "내가 식어버리기 전에 말이야."

다람쥐는 잠시 망설이다가 말했다. "안녕, 차야."

그러고는 찻잔을 비웠다.

정적이 흘렀다. "그런데…… 네가 필요하다면 언젠가 다시 돌아올게, 다람쥐야." 차가 말했다.

다람쥐는 빈 찻잔을 내려놓고 한숨을 내쉬었다. 나뭇가지 위에 쌓인 눈과 하늘이 끌어당기고 있는 어두운 구름을 바라보았다. '저기 있는 구름들과도 이야기를 한번 나눠보고 싶다. 무슨 이야기를 나눠볼까. 하지만 지금은 아니야. 지금은 잠부터 자야겠어.' 다람쥐는 침대로 들어가 잠이 들었다.

옮긴이 정유정

한국외국어대 네덜란드어과와 네덜란드 레이던 대학교를 졸업한 후 네덜란드 교육진흥원을 거쳐, 현재 주한 네덜란드대사관에서 일하고 있다. 옮긴 책으로 『코끼리의 마음』, 『잘 지내니』, 『잘 다녀와』가 있다.

그린이 김소라

대학원에서 그림책 만들기를 배웠다. 오래도록 지속 가능한 그림 그리기에 대해 고민하고 있다. 그린 책으로 『있잖아, 누구씨』, 『고슴도치의 소원』, 『코끼리의 마음』, 『잘 지내니』, 『잘 다녀와』, 『다음 생엔 엄마의 엄마로 태어날게』, 『불행이 나만 피해갈 리 없지』, 『편지 받는 딱새』 등이 있다. instagram.com/raso0000

다람쥐의 위로

1판 1쇄 발행 2020년 3월 16일
1판 2쇄 발행 2023년 2월 1일

지은이 톤 텔레헨 **옮긴이** 정유정
펴낸이 김영곤 **펴낸곳** 아르테
아르테출판사업본부 문학팀 김지연 임정우 원보람
해외기획실 최연순 이윤경 **디자인** 김형균
출판마케팅영업본부 본부장 민안기
출판영업팀 최명열 김다운
마케팅2팀 나은경 정유진 박보미 백다희
제작팀 이영민 권경민

출판등록 2000년 5월 6일 제406-2003-061호
주소 (우 10881) 경기도 파주시 회동길 201(문발동)
대표전화 031-955-2100 **팩스** 031-955-2151

ISBN 978-89-509-8689-6 03890

아르테는 (주)북이십일의 문학 브랜드입니다.

(주)북이십일 경계를 허무는 콘텐츠 리더

아르테 채널에서 도서 정보와 다양한 영상자료, 이벤트를 만나세요!
페이스북 facebook.com/21arte **인스타그램** instagram.com/21_arte
포스트 post.naver.com/staubin **홈페이지** arte.book21.com